AF451121

LA TRAVESÍA DE
LA CUERVA NEGRA

Paulina Mastretta Yanes

LA TRAVESÍA DE
LA CUERVA NEGRA

Primera edición: septiembre de 2022
ISBN: 978-84-19538-01-7
Copyright © 2022 Paulina Mastretta Yanes
Editado por Editorial Letra Minúscula
www.letraminuscula.com
contacto@letraminuscula.com

NOTICIA

Esta novela, *La travesía de la Cuerva Negra*, es la segunda parte de una saga iniciada con *Las aventuras de La Audaz Navegante*.

En esa primera entrega, Garth es un viejo gruñón al que nadie quiere acerarse, pero Shinta, un joven que vive con su tía Alexis tras la muerte de su madre y desaparición de su padre, le entrega una carta cuyo contenido desatará una serie de sucesos extraños.

A esa isla llega una joven náufraga de pelo azul, Leiya, quien solo recuerda su nombre pero no su pasado. Shinta ayuda a Leiya al mismo tiempo que descubre que su padre está vivo.

Con su amiga de infancia, Maya, y la propia Leiya, inicia una travesía para encontrar a su progenitor, y se suman a la tripulación de un barco, La Audaz Navegante, con cuyos miembros ya no sólo buscarán al padre del muchacho y la memoria de la náufraga, sino también iniciarán una serie de aventuras que los llevarán a lugares y gente que ni siquiera sospechaban que existieran como una selva misteriosa y un cementerio de barcos.

La primera parte mostró, al final, a una tripulación aparentemente triunfante frente a Sombra Muerta, un terrible enemigo, con heridos y con la desaparición de Leiya y Shinta, perdidos en un cataclismo que causo que el mundo se dividiera en dos por un enorme muro.

En esta ocasión, al haber muerto su padre Garth, como se relató en la primera novela, en un nuevo barco, La Cuerva Negra, Gira ha asumido el mando y lleva a su tripulación a la búsqueda de unas reliquias, cuya narración ocupa este segundo volumen.

La búsqueda de unas reliquias, cuya importancia se irá desvelando poco apoco llevan a los jóvenes piratas a nuevos encuentros, tierras y personajes.

PRÓLOGO

No tiene elección, debe seguir su camino. Le preocupa encontrar múltiples peligros en la selva, pero no le queda otra opción más que avanzar, ya que el tiempo es oro y debe encontrar la planta medicinal si quiere salvar a la persona que ama. No puede permitirse perder de nuevo a un ser querido.

La lluvia de aquella selva no se compara para nada con la que había tenido que aguantar en la Isla de los Árboles: es más intensa y apenas puede caminar, pero debe asegurarse de llegar a su destino.

Apenas siente sus pies, llenos ya de moretones por la cantidad de veces que ha tropezado, pero no le importa, cumplirá con su misión así el mismo cielo se lo trate de impedir. ¿Por qué esta ahí? Y pensar que hace unos meses su única preocupación era vivir aventuras con su mejor amigo. Pero ahora las cosas son diferentes.

Avanza en medio de la espesa selva. Extraña mucho la compañía de su querido mono, que tan útil le sería ahora, pero Chuwen está lejos, ella misma le ordenó que se quedara cuidando a Lune, pues nunca la desobedecería aunque fuera incluso en contra de sus propios deseos.

Tropieza y cae de lleno al lodo, queda completamente sucia, se levanta como puede y trata de seguir caminando, pero sus pies ya no le responden. Cuando logra salir de aquel infernal atolladero, se refugia en un enorme hueco que hacen las raíces de una ceiba; decide que es mejor esperar a que baje la lluvia. Para distraerse, inspecciona el interior del tronco y encuentra un charco. Se acerca y ve su reflejo en el agua. Todo se detiene en ese instante. Su mente solo está tratando de encontrarse a sí misma en su propio reflejo, pero no puede, desconoce por completo a la persona que está frente a ella. ¿En qué se ha convertido? ¿Cuándo dejó de ser aquella joven que partiera a vivir aventuras junto con su mejor amigo?

Ya no lo es, y tan solo han pasado unos meses, pero para ella son una eternidad. Le queda el recuerdo de una sonrisa que tal vez jamás volverá a ver, el recuerdo de las palabras de ánimo que siempre le han hecho mantenerse viva. Antes pensaba que su mejor amigo actuaba de manera muy infantil y que era su trabajo pararle los pies; nunca se dio cuenta de que ese ánimo amable era lo que la ha ayudado a seguir adelante todo este tiempo: saber que contaba con su amigo, que junto a él las cosas acabarían siendo muy divertidas. Pero ahora, estando sola, en medio de aquella fría tormenta, en una misión que le parece imposible, es cuando se da cuenta —demasiado tarde— de lo mucho que necesita las risas, los comentarios y los comportamientos infantiles de su mejor amigo. Al perderlo todo, se percata de lo mucho que lo extraña.

Grita entre sus lágrimas, pero nadie contesta. Ahí solo están ella y sus pensamientos, fríos, oscuros y profundos. La invade el deseo de quedarse ahí sentada sin hacer nada más. ¿Quién necesita hacer algo cuándo todo parece estar perdido? Empieza a arrojar con furia las cosas que tiene en su bolsa. En medio del delirio, ve un collar con forma de estrella y su esperanza regresa, recuerda que no puede estar perdiendo el tiempo, mucho menos cuando la vida de una persona depende de su misión. Tal vez no pueda salvar a Shinta, pero no va a permitir que Lune muera, bajo ningún concepto.

Guarda sus cosas, sale del interior de la ceiba y le relaja sentir que la misma tormenta entra en calma. ¿Acaso esa lluvia es una manifestación de sus propios y confusos pensamientos? Continúa su camino por aquella selva, no hay marcha atrás. Y ahí, en medio de la lluvia, en lo alto de un risco enorme ve su objetivo. Empieza a maquinar un plan para conseguir la flor que necesita. Espera no equivocarse en su elección.

Deja de mirar el risco y comienza a trepar por una enredadera que cuelga del peñasco; repentinamente resbala, pero al aferrarse a ella, la misma planta evita que caiga al vacío, hecho que le hace recordar a las serpientes del templo, y reza porque no confunda una liana con una serpiente. Y justo cuando su mano se aferra a la roca donde se encuentran las flores Rui, siente que su corazón se paraliza.

Ahí están, juntas, la esperanza y la desesperación.

CAPÍTULO I
EL REINO DE LAS SERPIENTES

Una voz suave la saca de sus pensamientos.

—Hemos llegado.

Maya abre los ojos. Aún es de noche, las estrellas brillan con intensidad en el cielo, pero no se compara con la de la ciudad que está frente a ella.

La urbe resplandece como la plata, aun escondida entre la vegetación selvática.

—Bienvenidos a la última ciudad de los Caminantes de las Olas.

Un hombre anciano, moreno, sostenido por un bastón, dice esas palabras. Si no fuera porque lo vio convertirse de tapir en hombre, nunca se habría dado cuenta de quién era. Está frente a uno de los reyes de los animales, aquellos que conoció en medio de una selva como esa. ¿Cuánto tiempo había pasado desde entonces?

—Creí que todos se habían vuelto nómadas y que la Isla de los Árboles era su territorio original —comenta Maya, sintiendo que entre la arboleda los observan, ocultas entre las sombras, figuras humanas. La entrada de la ciudad misma emana una sensación de misterio.

El anciano no responde, tan solo empieza a adentrarse al interior de la urbe llena de vida. Infantes juegan entre las rocas de los riachuelos, algunas madres los vigilan mientras otras preparan comida en un enorme comal, platicando como si se les fuera la vida en ello. Grupos nautas —mujeres y hombres— cargan enormes bultos de maíz. Noctámbulos de distintas especies caminan entre los nautas con naturalidad, confundiéndose entre la vegetación. Maya ha descubierto que las demás razas del planeta conocen a su especie como los "nautas" debido a que fueron los primeros que se trasladaron en barcos. Se dice que los nautas tienen parentesco con otras razas, pero la mayoría de ellas tan solo existen en leyendas para gran parte de las islas pequeñas como Dai y Naufra. De no haber conocido a Haize y a los Reyes de los Animales, Maya pensaría que los noctámbulos son meras leyendas.

De vez en cuando los habitantes los miran, saludan al Rey Tapir con sumo respeto y continúan con sus actividades. Maya presencia una ciudad como cualquier otra, llena de vida, intensidad y sobre todo de color, no existe un solo lugar que no resplandezca: la ropa de los habitantes, los edificios e incluso la música que empezaba a tocarse en la plaza del pueblo para aquellos que quisieran ponerse a bailar en medio de ese mercado de sabores. ¿De verdad ese era un pueblo olvidado? ¿Esos eran los sombríos caminantes de las olas que fueron perseguidos y vendidos cruelmente como esclavos? Zapir empieza a hablar, como si contestara sus interrogantes, relatando una antigua historia sin dejar de caminar por la ciudad. Su voz suena calmada y melancólica, como la de un viejo que recuerda sus tiempos de antaño:

—Los relatos antiguos cuentan que la Isla de los Árboles antes existía en un lugar fijo y era una de las más hermosas del reino de Terra. Nuestros ancestros relatan historias maravillosas de la fundación de esta ciudad, incluso yo mismo viví en ella junto con los demás reyes de los animales: en tiempos remotos era la capital del reino de Terra, fundada por nosotros, los reyes de los animales hace muchísimo tiempo, pero esa es otra historia. Su nombre en épocas antiguas era Kuetlaxkoapan, llamado así por la persistente presencia de las serpientes y porque las leyendas cuentan que en alguna parte de este reino dormita una de las legendarias criaturas antiguas: el dragón de tierra, la Serpiente Emplumada.

—¿No es la Serpiente Emplumada uno de los dioses de los gitanos? Escuché hablar de eso hace tiempo —pregunta Maya, aunque recordar el momento no estaba en sus pensamientos favoritos—. Llegué a pensar que estaban hablando de Nelli cuando la conocí. ¿Me estás diciendo que hay un reptil mucho más antiguo que la Reina Serpiente?

—Esa es una historia de la que será mejor hablar más tarde, pues los tiempos se vuelven oscuros y para las historias antiguas es mejor estar en los lugares adecuados para relatarlas —dice, e inmediatamente calla el anciano, dando a entender a su interlocutora que no va a continuar hablando sobre la Serpiente Emplumada. Ella piensa que, por ello, tal vez ya no seguirá su relato, pero el viejo tapir abre la boca nuevamente:

—Todo iba bien en el reino, se había vuelto próspero y ésta una de las ciudades más hermosas entre las de los archipiélagos; los habitantes convivían con la selva. Nosotros, los reyes gobernábamos estas tierras pero al mismo tiempo éramos parte de ellas. La selva, los nauta, los noctámbulos y los animales coexistían como un solo ser. Incluso se llegaron a labrar las cabezas gigantes en representación de esa convivencia: los Tollán.

Como si fuesen evocadas por el momento, al salir de la ciudad para dirigirse hacia el palacio, se cruzaron con dos enormes cabezas de piedra ubicadas una en cada esquina, flanqueando la salida. Sus rostros parecían seguirles con la mirada a cada paso que daban. El ruido de la ciudad se fue opacando y solo quedaron los sonidos de los animales que moran por los alrededores de la selva. La voz del tapir se volvió más grave y melancólica:

—Y entonces, ocurrió el segundo gran terremoto. Aquel sismo provocó muchos desastres que no deseo recordar ahora mismo, pero principalmente causó que una parte de la isla se separara de ésta para siempre. La Isla de los Árboles se convirtió en una isla flotante que empezó a vagar por los archipiélagos, incapaz de regresar a su lugar de origen.

El anciano calla. Maya se imagina por sí misma cómo sigue la historia. Momentos después, el rey Tapir retoma su relato, contando que los sobrevivientes del cataclismo volvieron a formar una ciudad en la Isla de los Árboles, y cómo los Reyes de los Animales pasaron a habitar la misma durante mucho tiempo, por lo que esa ínsula se convirtió en su hogar. El resto de la historia Maya ya lo conoce: en algún momento posterior, la Isla de los Árboles fue atacada por los soldados negros, quienes secuestrarían al rey de las Águilas y a la hermana gemela de Nelli, para forzar a los Caminantes de las Olas a morar por todas las islas de los mares y volverse un pueblo guerrero que, por algunos, es conocido como los gitanos. Y la tragedia continúa para ellos, porque gran parte de esa nación fue secuestrada y tratada como esclava durante mucho tiempo. Se volvieron desconfiados, condenados a vagar por el mar hasta que su objetivo se cumpla: rescatar a su rey y a su reina. Pero ¿en qué parte de la historia entra la ciudad en la que se encuentran ahora? Zapir responde esa pregunta:

—Cuando ocurrió el gran cataclismo y fuimos separados de esta isla, creímos que había sido destruida, pero quedó oculta durante mucho tiempo, protegiéndose a sí misma con fuerzas que aún desconocemos, aguardando hasta nuestro regreso. En medio del peregrinaje de los Caminantes de las Olas, hubo un grupo que se perdió en el mar y terminó topándose con esta isla que los recibió con los brazos abiertos. Encontraron las ruinas de la antigua ciudad y fundaron una nueva, convirtiendo en un principio este lugar en el cuartel general de los Caminantes de las Olas. Pero después, y gracias a la intervención de Nelli e Ikal, se transformó en una nueva urbe gobernada por la misma Nelli: Siuakoatl, el reino de las serpientes. Ella organizó la ciudad de tal manera que fuese autosuficiente en caso de que no fuera hallada; formó un grupo de guerreras que protegen el lugar. En ocasiones Ikal le presta su ayuda por ser quien mejor sabe ubicar este lugar: después de todo la isla se mantiene protegida del exterior y solo los Caminantes de las Olas y los Reyes de los Animales podemos encontrarla, cualquier otro pasaría de largo y no se enteraría de que hay una isla ni aunque estuviese al borde de la misma playa. Por eso fue importante que Ikal los trajera.

—En cierta forma, sin su ayuda habríamos tenido muchas complicaciones, ¿cierto? —por primera vez en todo el tiempo que llevaban charlando, la tercera persona que había estado con Maya y Zapir desde el principio, se hizo notar. Maya lo vio de reojo mientras el muchacho de pelo plateado comenzaba a charlar con Zapir. Al ver el rostro de Lune, los recuerdos de Maya vinieron a su cabeza y su memoria se remontó a un mes atrás.

Tras la desaparición de Shinta y Leiya, el mundo colapsó. Una gran muralla había dividido al planeta en dos. Islas enteras que antes coexistían fueron separadas y se desconocía el destino de muchas personas. Isla Dai e Isla Naufra quedaron del otro lado de esa enorme muralla —que parecía no tener fin—incluidas las familias y amigos de gran parte de la tripulación del Cuervo Negro. Y, por lo que se comentaba en las historias, casi en su totalidad el archipiélago de Noctis quedó separado por el muro, y junto con ese reino, una mezcla del resto de los archipiélagos, lo cual provocó una gran confusión en los reinos restantes.

Luminor, sede principal de Heishi Mare y reino principal de la alianza internacional, enviaba constantemente tripulaciones a explorar los alrededores del muro para intentar cruzarlo, pero el mar parecía estar maldito y lleno de criaturas marinas que hundían los barcos sin piedad alguna, por lo cual se estableció un decreto que prohibía a todos intentar acercarse a los límites de la muralla. Las islas cercanas se llenaron de peligros, la mayoría fueron evacuadas; solo quedaron en ellas aquellos que eran valientes o muy tontos para escapar de las criaturas que empezaron a habitarlas, seres que ponían la piel de gallina a más de uno.

En algún momento se decidió llamar a la muralla con el nombre de *Muro Tlaxelolteoatl,* cuyo significado en la lengua de los Caminantes de las Olas es: mar dividido.

Tres meses habían pasado desde que el mundo cambió, durante los cuales los Cuervos Negros y su capitana, Gira, habían ido cobrando fama de ser una banda de peligrosos piratas. La tripulación había buscado por todos los confines del mar a Shinta y Leiya sin éxito alguno. Ninguno de ellos se había rendido, pero era tiempo de ser realistas: o estaban muertos o del otro lado de la barrera, siendo cualquiera de las dos una idea desalentadora.

Cuando todo parecía perdido, llegó una esperanza: un hermoso quetzal había surcado los cielos tormentosos, trayendo con él palabras misteriosas. Ikal, el rey quetzal se presentó nuevamente frente a Gira. La última vez se habían visto en el funeral de Garth. Aunque nadie más presenció ese encuentro, la capitana de los Cuervos Negros sabía que el ave había estado presente.

Las palabras sabias del ave resultaron inquietantes para muchos, pues no entendían el motivo de las mismas: Ikal le dio instrucciones a los Cuervos Negros para reunir una serie de tesoros legendarios cuyo propósito, dijo, aunque no dio detalles, serviría para poder cruzar el Tlaxelolteoatl y llegar al otro lado. Tal vez fuese una esperanza extraña, pero había que aferrarse a ella. Desde entonces empezó la cacería de los piratas, su búsqueda de los tesoros legendarios, toda una aventura, la cual incluía los peligros inimaginables que enfrentarían en su camino y la mala fama que tomaría la tripulación, aunque en parte solo alentada por rumores más que por hechos reales.

Un mes había pasado desde que la capitana recibiera esas extrañas instrucciones; la tripulación se dividió en grupos para ir a buscar cada tesoro, con la promesa de reunirse de nuevo.

Maya salió junto con Lune, guiados por Ikal a buscar uno de los tesoros que permanecía oculto en medio de la selva en la que ahora se encontraban: la Selva de las Flores Gemelas, llamada así por ser uno de los pocos lugares donde se encuentra una de las flores más raras del mundo: las flores Rui, de similar apariencia pero con la diferencia de que una era capaz de curar una gran cantidad de efectos producidos por venenos y la otra poseía uno de los venenos más mortales del mundo.

La tripulación comandada por la joven recuerda cómo ha llegado a esa isla. El propio Ikal los transportó por medio de una góndola de madera que cargó con sus patas, permitiéndoles así sobrevolar una gran parte del mar en unas horas, cosa que a Maya le dio algo de escalofríos, pero contar con la compañía de Lune le había calmado. Cuando aterrizaron en la isla tuvieron que hacerlo en el único punto plano: la playa donde Zapir los había estado esperando. Además pronto se reunirían con la tlatoani de la ciudad, nada más y nada menos que la reina de las serpientes.

Nelli, la reina serpiente ha regresado a proteger a su pueblo ahora que las cosas se han puesto muy peligrosas en el mundo a causa del muro. Antaño, las tlatoani de esa ciudad eran ella y su hermana gemela, Itza, la serpiente negra. En honor al nombre de la isla, las representantes de la tlatoani, en su ausencia siempre han sido gemelas, mellizas o hermanas de diferente edad. Pero tras la desaparición de la serpiente negra, la única que gobernaba era Nelli, con ayuda de las guerreras serpiente, las Siuakoatl.

A los dos únicos reyes de los animales con los cuales al parecer por ahora no se van a encontrar, según Zapir, es con la reina jaguar, Miztli y el rey mono, Kakna, debido a que ella regresó con los Caminantes de las Olas para comandarlos ahora que el peligro era mucho mayor, y él está protegiendo la Isla de los Árboles con otros grupos de guerreros, pues al ser una ínsula movible podría pasar cualquier cosa y no desean tener que lidiar de nuevo con un incidente parecido al del Cementerio de Barcos, cuando la isla flotante se internó en el cementerio provocando que la niebla embrujada del mismo afectará a toda la ínsula.

Al llegar a la entrada del palacio, el ambiente alegre de la ciudad fue sofocado de inmediato. Maya aguanta la respiración al sentir una niebla densa que los rodea. Le recuerda demasiado a la niebla de la Isla de los Árboles. Y no fue la única que pensó lo mismo. Lune miró con atención el aspecto de la entrada al palacio en el que se encuentran. Le pareció similar, sin duda, a las Ruinas en las que estuvieron y aquello no le trae muy buenos recuerdos.

—Maya, a partir de aquí tendrás que ir sola —la voz de Zapir saca a ambos de sus pensamientos—. El palacio de la Reina de las Serpientes únicamente puede ser visitado por mujeres; esa es la regla que se ha mantenido por generaciones desde que las gemelas gobiernan.

—Entonces ¿qué haremos nosotros? —pregunta Lune de inmediato, a quien no le gusta mucho la idea de dejar a Maya sola. Después de todo, esos recuerdos de la selva aún le molestan.

—Descuida, nos reuniremos con ella a su debido tiempo en otro lugar. Maya, si caminas un poco más, una de las sacerdotisas te guiará y conducirá a Nelli —explica Zapir.

—No se preocupen por mí, estaré bien —comenta la joven, sonriendo para darle confianza a Lune—. ¿Podrías cuidar a

Chuwen por mí? No creo que le guste estar tan cerca de las serpientes.

Es evidente que el mono está de acuerdo con eso, porque de inmediato pasa de los hombros de la mujer a los brazos de Lune, quien no parece estar muy contento con ello y suelta un suspiro resignado.

—Está bien, nos vemos después—. Lune dio media vuelta para seguir a Zapir que lo esperaba cerca, pues prudentemente les había dado un poco de espacio.

Tras ver cómo se alejan, Maya camina entre la niebla a la entrada del palacio donde una sacerdotisa con rasgos parecidos a los de una serpiente la espera.

—Bienvenida a la morada de la Serpiente Emplumada, señorita Maya.

CAPÍTULO II
EL PALACIO DE LA SERPIENTE EMPLUMADA

El palacio de la Serpiente Emplumada es, sin duda, el edificio más hermoso y escalofriante que Maya haya visto en mucho tiempo. La niebla y el ambiente húmedo a causa de las constantes lluvias de la región le dan un toque muy tétrico al majestuoso teocalli.

La escalera principal de la entrada es custodiada por dos serpientes de piedra con crestas que salen de sus cabezas; miran con ojos inquisidores, siguiendo a aquellos que cruzan la puerta. Maya no quiere imaginar qué sucederá si alguien llega a profanar ese recinto. Aun estando junto a una de las sacerdotisas del templo, le da la impresión de que en cualquier momento las rocas cobrarán vida.

Después de ingresar por la puerta principal, suelta un suspiro cuando deja de sentir la mirada de las rocas sobre ella; se queda de piedra al ver un majestuoso mural de dos serpientes, una verde como la misma selva que acababa de dejar atrás y la otra negra como la noche. Las sierpes forman un círculo y se muerden la cola mutuamente.

—Las dos hermanas serpiente gemelas que han protegido la isla desde tiempos inmemoriales de las amenazas del exterior —comenta la sacerdotisa que la acompaña—. Desgraciadamente la serpiente negra desapareció hace mucho tiempo y ahora la gemela verde llora su pérdida.

Maya no sabe a qué se refiere hasta que, al cruzar un portón de madera, llegan al patio principal donde, en medio hay una enorme fuente con la estatua de una serpiente de dos cabezas; entiende porque la serpiente verde "llora", pues únicamente de su boca sale el agua que cae a la fuente; de la otra no escurre el líquido, como si se hubiese secado a pesar de la gran cantidad de agua que brota de la parte superior de ambas.

La sensación de terror que Maya siente al ingresar al templo va cambiando drásticamente, tal vez porque existe una mezcla equilibrada de luz y sombras en todas partes. Para una persona que tiene miedo de las serpientes, ese lugar es escalofriante, pero una vez que se acostumbraba es maravilloso. Sierpes de todos tipos y colores adornan las paredes del edificio y algunas, vivas, se arrastran con toda naturalidad por los rincones o reposan en los lugares más insospechados. Maya debe tener cuidado de no pisar a un par ni de sostenerse de ningún lado por temor a confundir una cuerda con una serpiente.

Pero todo cambia en cuanto entran al salón principal: de inmediato Maya siente una sensación de ahogamiento y un escalofrío terrible, pues se encuentra con una imagen triste y brutal, un rojo intenso no visto en el resto del templo: un mural que relata la guerra entre los soldados negros que invadieron la Isla de los Árboles hace muchos años, el águila al ser robada y las gemelas serpiente separadas. Una masacre en la que se muestra claramente que los soldados negros fueron los victoriosos. Unas lágrimas caen de su rostro sin poder contenerlas.

—Brutal ¿verdad? Pero es nuestro recordatorio de lo que nos quitaron, de nuestra derrota y de nuestra lucha actual. Hasta que no logremos nuestro objetivo, este mural seguirá adornando los muros de cada uno de nuestros templos.

La voz de la sacerdotisa le produce escalofríos a Maya; suena como la de una serpiente a punto de devorar a su presa.

—Deja de asustarla —dice otra voz que le hace olvidarse del mural y mirar justo debajo del mismo, hacia el trono majestuoso. Ahí está la reina de las serpientes ataviada por sus mejores ropas y acompañada por innumerables víboras—. Bienvenida a mi palacio, Maya. Espero que te haya agradado.

Justo acaba de decir eso cuando se escucha un potente gruñido, como el que hace una bestia mientras duerme, pero no hay nada que pudiera producir ese sonido ahí. La mirada de la reina de las serpientes se desvía ligeramente hacia el mural, no como si lo viese, sino como si mirara a través de él. Maya comprende que lo que ha visto seguramente no es tan escalofriante como lo que falta por descubrir, y lo que sucederá después. Sin duda está en la guarida misma de una serpiente, y peor aún, una emplumada.

Humea un incienso aromático y provoca que Maya se relaje, pese a la situación. La habitación en la que se encuentra ahora mismo es distinta al resto del palacio. Hay cierto sentimiento de añoranza en su corazón, pues el perfume de la piedra incinerada provoca que sus recuerdos vuelen a su hogar en isla Dai, a su habitación personal donde ha vivido una gran parte de su infancia. Pero al mismo tiempo le provoca dolor al recordar lo perdido.

—Maya ¿quieres sentarte? —la invita la sensual voz de la reina de las serpientes. Maya sale de su trance y se encamina a unos cojines en el suelo donde la espera Nelli, quien se sentó sobre un par de cojines frente al sahumerio del que provenía el olor a incienso quemándose. Maya acepta y se sienta al otro lado de los cojines, quedando el sahumador entre ambas mujeres.

—Tenemos mucho que discutir, pero desgraciadamente no demasiado tiempo —agrega la reina—. Por ahora quiero que te relajes y me cuentes toda la historia de lo que sucedió después de que nos separamos —le ofrece en un recipiente de barro un poco de agua medicinal—. Has tenido un largo viaje y los peligros a los que debes enfrentarte son muchos, pero estoy aquí para escucharte.

Maya acepta el cuenco y bebe. Al instante todas las preocupaciones que tiene "desaparecen"; siguen ahí, pero ya no le pesan físicamente. Comienza a relatar toda la historia, sus penas, sus miedos e inquietudes. La reina escucha sin interrumpirla, excepto cuando es absolutamente necesario. Después de un rato, concluye.

—¿Qué es lo que siente tu corazón respecto a Leiya y Shinta? —pregunta Nelli, acercándole nuevamente el cuenco de agua para que beba.

Maya teme a esa pregunta, pero ahora siente que es capaz de responder, a pesar de que recuerda con pesar cómo, hace unos cuantos meses Leiya y Shinta desaparecieron después de un terremoto que sacudió una isla, el mismo día en que el muro que separa el planeta se levantó. Por más que gritó sus nombres ese día, no aparecieron. Pero ahora meses después está lista para responder.

—Una parte de mí está destrozada y la otra enojada. Me duele haberlos perdido, pero me duele más no haber estado con ellos cuando pasó todo. ¿En qué momento dejé de pensar en su seguridad? ¿Por qué no los mantuve cerca cuando más peligro corrían? Naira me dijo que no era mi culpa, que todos bajamos la guardia cuando recuperamos el barco, y que había otros heridos, pero yo sé que era mi responsabilidad cuidarlos.

Su rostro se angustia con cada palabra, vuelve a beber el agua para calmarse; ésta parece producir efectos especiales, porque borran su dolor con cada trago.

—Pero ahora lo único que quiero es seguir adelante y cumplir mi misión. Nos dieron la esperanza de que podríamos recuperarlos y también volver a ver a nuestros seres queridos. ¿No es la esperanza lo que nos queda? Y pese a que a veces sienta que no vale la pena, creo que no podemos perder nada más por intentarlo.

Termina con una mirada decidida en su rostro. La dama serpiente sonríe aliviada y comenta:

—Me alegra que te hayas vuelto más fuerte y que sigas teniendo la misma mirada que me dedicaste cuando casi te devoro teniendo mi forma de serpiente.

Maya ríe con el recuerdo. Su risa alegra el ambiente. De verdad hacía tiempo que no se relajaba. Tal vez el dolor le hizo olvidar reír. Una vez que se tranquiliza, su expresión se torna más seria y pregunta a la mujer serpiente:

—Ahora ¿por qué no vamos al asunto que nos compete? Zapir me dijo que nos darás lo necesario para encontrar la reliquia que está en este lugar. ¿Es cierto?

—En efecto, pero para encontrarla necesitan saber algunos detalles, por lo peligroso del camino, e instrucciones para no provocar la ira del durmiente.

Una castaña que suena recuerda el sonido que ha escuchado al ingresar al palacio, ese ronquido en lo profundo de una caverna. Nelli parece leer sus pensamientos y dice:

—La reliquia está en el Templo de la Serpiente Emplumada. Este mismo palacio está conectado con aquél por medio de túneles subterráneos. Sin embargo es imposible para ustedes cruzar por ellos, por lo que deben tomar el camino de la selva.

A Maya no le trae muy gratos recuerdos cruzar la selva, hay cientos de peligros en el camino y pese a que esta vez no se encuentran mezclados con la niebla del Cementerio de Barcos, tiene un mal presentimiento desde que entró a la isla.

—Tal vez lo has sentido y te voy a ser franca. ¿Recuerdas la Ceiba Sagrada, Yax Che? Ese árbol mantenía el equilibrio de la selva cuando esta isla y la de los Árboles eran una sola, pero después del cataclismo la Ceiba Sagrada se quedó velando por la Isla de los Árboles, y esta selva se mantuvo oculta mucho tiempo. Cuando volvimos no podíamos creer que siguiera existiendo, pero logró protegerse por la fuerza del dragón durmiente. El caso es que sin la influencia de Yax Che, la Ceiba Sagrada, la selva de este lugar se ha vuelto mucho más peligrosa que la de la Isla de los Árboles e, incluso yo no puedo tener poder sobre todas las criaturas que la moran. Además está el peligro de las flores Rui, pues aunque una cure, la otra es sumamente venenosa y mortal... —se interrumpe la reina, y pregunta—: ¿Aún tienes el colmillo que te di en aquella ocasión?

Maya asiente con la cabeza y saca de entre sus pertenencias un colmillo de serpiente que le había entregado Nelli la última vez que se vieron.

—Perfecto, te puede ser de mucha utilidad si recuerdas las advertencias que te hice sobre los venenos.

Poco después, ambas seleccionaron plantas medicinales que podrían servirle por cualquier emergencia en el camino. Nelli le enseñó libros de botánica y uno titulado *Crónicas de la Isla de las Flores Gemelas* escrito por un importante cronista cuyo nombre Maya identificó de inmediato.

—Oh, así que este cronista también llegó a pisar estas tierras ¿eh? Aetos, si no mal recuerdo. Micha tiene casi todos sus libros. Si me lo permites, podría llevarle éste después.

—¡Oh…! Sí que debe ser su fan. Y no será la última vez que se topen con sus libros. El legendario Aetos se ha encargado de recorrer la mayor parte del mundo y contar sus historias. Una vez nos entrevistó a nosotros ¿sabes? Fue muy divertido. Incluso llegó a averiguar sobre los nauali —empieza a buscar entre sus libros—. Aquí está —le entrega un pequeño volumen del mismo autor, cuyo título era *Nauali, los seis*.

Maya se sorprende al escuchar ese nombre por primera vez, aunque tiene la sensación de que ya ha oído hablar de esos personajes en algún momento.

—Es una especie de corazonada: los nauali ¿no serán los médicos magos? —recordaba haber hablado de ellos con Naira.

—¡Oh…! ¿Los conoces? En efecto, los nauali son los médicos magos, utilizan el poder de los espíritus y las hierbas medicinales para curar o maldecir a la gente. Son los únicos que pueden quitar maldiciones, por eso fueron perseguidos durante la Gran Guerra por los piratas —su rostro se ensombrece por unos momentos, como si hablar del tema no le trajera gratos recuerdos—. Tal y como dice el libro, solo quedan seis que lograron sobrevivir a esa purga. Y ¿sabes? dos son gemelas y fueron las que bautizaron a las flores Rui. Nadie ha visto a las dos hermanas nauali desde hace años; se piensa que están muertas. Aun así, el legado de las flores Rui perdura, pues con ellas se han salvado vidas, aunque también han sido maldecido muchas.

—Entonces ¿los médicos tratan de seguir las enseñanzas de los nauali? —pregunta Maya, muy interesada en el tema. Naira le había explicado todo lo que sabía sobre venenos y plantas curativas, y habían sido útiles sus enseñanzas.

—En efecto —sonrió Nelli algo divertida—. Te puedo decir que Zapir es uno de ellos. Los nauali tienen la característica de ser de distintas especies, aunque ahora que quedan seis curiosamente se han repartido: quedan tres nauali noctámbulos, se piensa que las dos gemelas pertenecen a los vurdalak y finalmente hay una más, pero se desconoce su origen. ¿Quieres saber del resto de los nauali noctámbulos?

Pero antes de que la reina de las serpientes pueda decir algo, la misma Maya ata todos los cabos y formula una pregunta que toma por sorpresa a Nelli:

—Mysida, la reina de las mariposas ¿es una nauali? — y, más que preguntar, afirma. A Mysida no va a olvidarla tan fácilmente. Pese a que Maya nunca la conoció en persona, al saber que fue la responsable de causarles problemas y tratar de capturar a Leiya en la selva, no le había quedado una buena impresión. Si, además le sumaba lo dicho por la profecía que había afectado a Gira y a su padre: "Los Cuervos serán asesinados el día en que te reúnas con tu hija. Ese día será tu fin"... Maya recordó entonces que, durante el funeral de Garth, el padre de su capitana, Grick, Haida y Trowan dijeron que, tal vez la parte de "los Cuervos serán asesinados" fue mal entendida y sólo se refería a que terminaría una era e iniciaría otra, muriendo Garth como capitán y renaciendo la tripulación con Gira como capitana.

Nelli tarda en responder la pregunta respecto a la identidad de Mysida. En su expresión hay dolor que para Maya no pasa desapercibido.

—En efecto, y desgraciadamente la única noctámbula de las mariposas —acepta con tristeza la reina de las serpientes—. Es una de las nauali más peligrosas desde que se alió a los Hijos de la Luna. Puede abarcar las ilusiones y las profecías que siempre se cumplen.

La castaña nota que la reina serpiente no quiere seguir hablando del tema y decide cambiarlo para no incomodarla, a pesar de que la expresión "Hijos de la Luna" llama su atención.

—¿Y quién más es nauali?

—Lo desconozco —repuso la reina de las serpientes más tranquila—. Hay muchas leyendas acerca del nauali faltante, incluso entre noctámbulos. Nadie sabe a qué especie noctámbula pertenece, o si es hombre o mujer. No se le ha visto en siglos.

Maya entiende que ese misterio, por ahora, no será resuelto. Ambas mujeres continuaron juntando información y preparando el equipo necesario. Después de algunas horas Maya está preparada para salir.

La reina de las serpientes le pide a una de sus fieles siukoatl, guerreras serpientes, noctámbulas a su servicio, que la guíe al exterior del palacio. La noctámbula, del abdomen para abajo con cuerpo de serpiente, la lleva por el mismo camino por el que entró y, antes de salir, Maya le echó una mirada de nuevo al mural.

Siente un leve escalofrío cuando cruza frente a la fuente de las serpientes gemelas. Le da la sensación de que la sierpe negra la sigue con la mirada. Piensa que tal vez está delirando por el ambiente que tiene el palacio.

En cuanto sale, se encuentra a Lune esperándola. No hay rastro alguno de Zapir, pero a juzgar por el equipaje en el suelo, también se han estado preparando para la excursión.

—¿Todo bien? —pregunta Lune y Chuwen sale de detrás de su hombro para saltar a los brazos de su dueña, jurando no volver a soltarla.

—Muchas serpientes, pero todo bien —sonríe Maya sin darse cuenta de que era la primera vez que lo hace en mucho tiempo frente a su amigo—. ¿Nos vamos? Es mejor que no nos agarre la noche en la selva o nunca saldremos vivos.

—Sí, Zapir me lo dejó claro.

Toman sus mochilas equipadas, machetes y otras herramientas que les serán útiles en el largo camino. Chuwen permanece alrededor de ellos, recordando los antiguos parajes de su especie en esa isla.

Los tres se internan en las profundidades de la selva, con una leve sensación de *déjà vu*, preguntándose si esta vez lograrán salir sanos y salvos.

Nelli permanece inquieta observando el mural encima de su trono. Tantos recuerdos de ese día le vienen a la cabeza: los gritos de su hermana gemela que trata de escapar de sus captores y termina de la peor manera posible. ¿Por qué evocar esos momentos del pasado ahora mismo? Tiene un extraño sentimiento que no puede quitarse de la cabeza. Apenas ha pasado una hora desde que Maya dejara el templo y partiera a la selva junto con Lune.

Los ronquidos de la bestia milenaria la sacan de sus pensamientos. Solo falta que esa bestia despierte; sería, sin duda, un aumento de sus problemas. No, no debe pensar así.

Espera que Maya y Lune lleguen al templo de la Serpiente Emplumada a salvo y que conseguir la reliquia no provoque el despertar de la criatura. Pero hay un peligro mucho más grande, que está empezando a molestarla; no deja de pensar en él. Es un presentimiento que no le permite estar tranquila.

Y su malestar se incrementa cuando una de sus mensajeras entra corriendo al recinto; su rostro muestra un susto mayúsculo.

—¡Tlatoani! ¡Han visto una serpiente negra cruzar la selva!

Se levanta de inmediato porque sabe a lo que eso significa. Su hermana está de regreso y, aunque en buenos tiempos eso sería la mejor noticia para todos, ahora mismo podría volverse la peor pesadilla para Maya y Lune. Tiene que darse prisa para salvarlos, antes de que sea demasiado tarde.

CAPÍTULO III
LA GUARDIANA

Llueve ligeramente en la selva, los animales se esconden en sus madrigueras, las plantas disfrutan de la vida que les trasmite la lluvia. El ambiente mantiene lapsos de silencio, pese a la gran cantidad de seres que rondan entre los árboles. Algunas aves cantan y callan cuando escuchan el sonido de las serpientes arrastrándose por el suelo, buscando alimento. Nada puede romper la aparente quietud de la selva; solo hay dos seres que caminan siguiendo el sendero de piedra que los llevará hasta el Templo de la Serpiente Emplumada, cuidando no perder el camino, pues pese a estar marcado, la vegetación se ha tragado gran parte del mismo y la persistente lluvia no ayuda a la visibilidad.

Cuando ve el sendero, Maya recuerda una frase de Gira: "Pues qué creías ¿que veníamos a una selva con sendero y un guía sensual que te tratara como una diosa?" Confía en que las experiencias de la Isla de los Árboles harán el viaje menos pesado de lo que es, pero aun así no pueden bajar la guardia. Después de todo, como les había dicho Nelli, ni ella misma puede controlar todo lo que sucede en el interior de esa selva.

Chuwen, el mono, salta a sus hombros, se adelanta para guiarlos en su camino; al regresar tranquilo les indica que pueden seguir con calma; si regresara alterado, querría decir que hay peligro, pero por ahora no se han cruzado con alguno con el cual no pudieran lidiar.

—¿Escuchas eso? —pregunta repentinamente Lune. Maya se detiene para oír. Se oye un sonido distinto al agua de la lluvia que cae. Los dos avanzan un poco más por el sendero hasta llegar a un claro iluminado por la poca luz que se filtra entre los árboles; en medio de él hay una cascada que parece provenir de lo alto de la montaña. A lo lejos, entre los árboles se puede ver un risco brillante con forma de cabeza de serpiente.

—El Estanque de la Serpiente —comenta Maya acercándose con cuidado—. Nelli me dijo que solía venir a jugar aquí con su hermana. Es el estanque gemelo del que está en La Isla de los Pájaros—agrega algo nostálgica, recordando a su hermana Helia, esperando que su familia se encuentre bien del otro lado de la muralla.

Algunos peces saltan en el estanque.

—Debemos continuar. Según las indicaciones de Zapir el templo se encuentra después de este estanque —comenta Lune, retomando la marcha. Maya se queda mirando un poco más la cascada y cierra los ojos para escuchar el sonido del agua. Sus preocupaciones empiezan a desaparecer lentamente. Vuelve a abrirlos y sigue a Lune para internarse nuevamente en la selva.

Cuando se van, un jabalí sale de la espesura: tiene una herida, se interna en el estanque y se va curando. Un grupo de mariposas cruza la cascada y se aleja. El jabalí disfruta de su baño y justo cuando está saliendo del mismo, chilla y se paraliza, una sombra lo arrastra al interior de la espesura y todo se queda en silencio de nuevo.

Después de casi una hora, visualizan entre la selva a dos grandes serpientes de piedra y una escalera que da a un enorme portal incrustado en la única montaña de la isla. En lo más alto volvieron a ver el risco con cabeza de serpiente y pudieron darse cuenta de que en realidad era un risco dividido formando dos cabezas de sierpe, pero no le prestaron más atención, la entrada al templo era más importante.

Se aproximaron con precaución, sintiendo la mirada de las serpientes de roca sobre ellos pero, a diferencia de las del palacio, estas son abrumadoras y ellos sienten que se congelan. Maya recuerda el poder de las estatuas de las sirenas y se imagina que debe ser un efecto similar.

Deben seguir avanzando, pero sus piernas no responden, apenas y llegan al primer escalón del templo. Entonces una brisa fresca recorre sus rostros, un aire nostálgico que incluso detiene la lluvia.

Levantan la mirada y en la entrada del templo ven a una mujer muy hermosa vestida con un traje ceremonial y con tocado de serpiente; el casco que cubre su cabeza impide que vean sus cabellos. Su piel morena es cubierta por maquillaje verde y amarillo que simula el rostro de una serpiente. Hay algo en ella que hace a Maya sentirse muy tranquila, y no puede evitar soltar lágrimas.

—¿Se encuentra bien, señorita? —la voz suave los saca del trance y hace que ella y Lune reaccionen. Maya entonces se percata de que la mujer está casi frente a ella, tocando su rostro y limpiando sus lágrimas.

—Sí, estoy bien, disculpe —retrocede un poco asustada. Después se disculpa también por ser tan brusca, pero la mujer no parece tomarlo a mal, se sienta en una de las escaleras, riendo.

—Oh, lo siento, se me olvida que hay que respetar el espacio personal. No suelo recibir muchas visitas y siempre me emociono cuando llegan a venir.

Maya y Lune no están seguros sobre si deben decir algo. La pintoresca mujer es sin duda lo más extraño que esperaban encontrar en ese lugar.

—Disculpe ¿es la guardiana de este templo? —pregunta Lune—. Zapir me habló de usted.

—¡Oh...! ¿El viejo Zapir? ¿Sigue en las andadas? La última vez que me visitó se quejaba de su espalda. En fin, como dices querido caballero soy la guardiana del Templo de la Serpiente Emplumada, mi nombre es Miyahua, pero pueden decirme Miya ¿sí? —y completamente emocionada pregunta—. ¿Y cuáles son sus nombres?

—Yo soy Maya y este pequeño es Chuwen —se presenta Maya y, para sorpresa de todos, el mono salta a los brazos de la guardiana como si se tratase de una vieja amiga.

—Oh, primera vez que no trata de morder a alguien —comenta Lune para después proceder a presentarse—. Soy Lune —y sin más detalle va directo al grano—. ¿Sabes por qué estamos en este lugar?

—¡Oh, por supuesto! Ustedes son los que mandó Nelli por la reliquia ¿cierto? Normalmente no permitiría que nadie se lleve ese tesoro tan importante ¡pero parece que ha llegado la hora de que las reliquias se junten y la guerrera despierte de su largo sueño...!

Se levanta de su asiento y abre los brazos mirando hacia el horizonte, como si viera algo que nadie más puede percibir. De repente, su expresión se vuelve rígida y mira a la pareja.

—Sin embargo, aunque tengan mi permiso, debo advertirles que no será tan fácil tomar la reliquia, pues deben tener la aprobación de la Serpiente Emplumada, que les pondrá a prueba aunque esté dormida; y si les considera dignos, entonces podrán tomar la reliquia, pero si, por el contrario no lo hace, les espera un castigo muy doloroso que incluso puede llevarlos a la muerte. ¿Están dispuestos a intentarlo?

Ambos se miran y se toman de las manos asintiendo con la cabeza. No hay vuelta atrás, el camino que escogieron fue decidido en el momento en que toda la tripulación de los Cuervos Negros hizo el juramento de cruzar el Tlaxelolteoatl y encontrar a sus amigos, aunque el mismo océano se volviera contra ellos.

—Lo estamos.

La decisión en sus palabras suaviza el rostro de la guardiana, quien les da la espalda y aún con Chuwen en hombros les indica que la sigan. Maya y Lune entran al templo. La guía se detiene por unos instantes después de que pasaran delante de ella, se gira viendo hacia la selva para después entrar también al lugar.

En la espesura de la selva, dos figuras observan la puerta del templo, una de ellas dice susurrando:

—Te encontré.

CAPÍTULO IV
EN LAS PROFUNDIDADES

Es una sorpresa para ambos encontrar que, después del portal hay unas escaleras que bajan hacia las profundidades de un túnel. Miyahua no parece inmutarse y desciende; extrañamente Chuwen no está asustado. Después de unos segundos Maya y Lune también bajan por el túnel teniendo cuidado de no resbalar en los escalones; para su mala fortuna, casi caen al agua.

—Oh, cuidado, si no saben nadar, las corrientes acuáticas del cenote les tragará vivos —dice Miyahua, quien recita algunas palabras y hace que la caverna se ilumine por completo con la luz de unas antorchas que cuelgan del techo. La sorpresa de los visitantes aumenta: están frente a un enorme cenote subterráneo, en cuyo pared del fondo pueden ver otro portón adornado con serpientes emplumadas que parece internarse en las profundidades.

Maya está maravillada con la vista del cenote. Algunas gotas de lluvia se filtran por unos recovecos del techo y se imagina que cuando el sol logra penetrar las nubes, la cueva se ilumina a través de ellos. En cambio Lune, después de recuperarse de la sorpresa, pregunta a la guardiana:

—No veo un bote ¿cómo pretende que pasemos? ¿Nadando? Aunque por lo que usted misma dijo, si no tenemos cuidado puede arrastrarnos hasta las profundidades ¿cierto?

—Es correcto —sonríe Miya —. Por eso le pediremos ayuda a mi querido amigo.

Saca entonces de entre sus ropas un silbato de piedra con forma de cabeza de serpiente, y sopla. El Ruido parece molestar a Chuwen que salta a los brazos de Maya, quien no entiende lo sucedido al no percibir el sonido del silbato; parece que Lune tampoco, pero antes de que alguno de los dos pueda preguntar algo notan que las aguas empiezan a agitarse. Retroceden con cuidado por los escalones.

De las profundidades del agua, emerge un enorme axolote marrón con un rostro que habría estremecido de ternura a Maya si no fuera por las circunstancias en las que aparece.

—Les presento a mi querido amigo Axi, uno de los pocos que quedan, de su especia, de este tamaño; el resto fueron capturados por traficantes y murieron al ser trasladados a otros entornos. La mayoría de los existentes son más pequeños. Él nos ayudará a cruzar. Tengan cuidado porque podrían resbalar si se mueven mucho.

El axolote mueve su cuerpo y les permite subir a su cabeza con cuidado. Los tres, incluyendo a Chuwen que se aferra con terror a la nuca de Lune, cruzan así el cenote sin demasiados reparos. Alcanzan el siguiente portal. Tras despedirse de Axi, éste se sumerge de nuevo y las aguas vuelven a lucir tranquilas.

—¿Qué tan profundo es esto? —pregunta Maya al ver alejarse a la criatura.

—Bastante profundo. Axi puede moverse entre las aguas que rodean este templo y algunas veces se mete entre los túneles de los cenotes; no suele hacerlo porque algunos de ellos son muy estrechos y otros conectan con el mismo mar. Pero yo no me preocuparía tanto por él sino por nuestro camino.

Los tres descienden por las escaleras y después de un tiempo, horas o tal vez minutos pues el camino les parece eterno, llegan a las profundidades de una enorme caverna sin fondo mucho más grande que el cenote, en medio de la cual se ve una capilla sin techo, a la que se llega a través de un largo puente de piedra que, comparado con lo que sus ojos presencian es insignificante.

Enrollada en una enorme columna en cuya parte superior está la capilla, se encuentra la serpiente más grande que Maya haya visto en vida: harían falta varios barcos apilados en fila para alcanzar su tamaño, aunque no podía estar segura, porque la cola de la sierpe se oculta en las profundidades del abismo. Lo que más se nota es su enorme cabeza adornada por un casco y enormes plumas.

Un ronquido sonoro provoca que tanto Lune como Maya salgan de su trance y se den cuenta de que la Serpiente Emplumada está profundamente dormida. Miyaha no se inmuta y abraza con calma al aterrado Chuwen que no para de chillar y, al mismo tiempo trata de no hacerlo por temor a despertar a semejante criatura.

—No se preocupen, imaginen que no está aquí y crucen al santuario que está en medio del abismo; sin miedo, el puente es resistente... a veces... —bromeó con un tono cordial que ponía a cualquiera los pelos de punta—. Yo los esperaré aquí junto a Chuwen. —Parece ser buena idea, porque el mono se niega a dejar sus brazos y mira insistente, con terror a la Serpiente Emplumada.

—Vamos entonces —comenta Maya tomando a Lune de la mano—. Hagas lo que hagas no me sueltes; eso ayudará a que no mire hacia abajo.

—Lo haré, vamos —Lune toma su mano y ambos comienzan a cruzar por el puente con cuidado, tarea difícil por las vibraciones que provocan los ronquidos de la serpiente. Después de unos minutos en los que Maya rezó mentalmente a la misma Serpiente Emplumada para que tuviese piedad y no dejara que se resbalara, lograron cruzar.

La cabeza de la Serpiente Emplumada sirve como un techo vivo para la pequeña capilla y en el interior del mismo encuentran lo que buscan: el Yelmo de Plumas; el casco es parte de la armadura que forman todas las reliquias esparcidas por el mundo. Aún no están seguros del por qué eran tan importantes, pero Ikal les indicó que al reunirlas sería posible cruzar el muro que dividía el mundo. Les dijo que está ligado a una antigua y perdida leyenda sobre una guerrera que selló a los dragones, después de una cruel guerra de la cual pocos seres en el mundo tenían el privilegio de decirse sobrevivientes.

La voz de Miya suena en sus mentes. "Primero que nada presenten sus respetos al dragón de tierra" dice y ambos se arrodillan frente al santuario. "Ahora deben tomar la reliquia pero con mucho cuidado, y ambos al mismo tiempo: la regla es que solo los gemelos pueden tomarla, solo dos almas gemelas en sincronía pueden hacerlo".

Lune y Maya se miran el uno al otro. Tal vez solo se conocen de apenas unos pocos meses, pero las aventuras que vivieron juntos y los momentos que han compartido son especiales para ellos. Es cierto que Maya se había deprimido por la desaparición de Shinta y Leiya, pero sin el apoyo de Lune se habría rendido mucho tiempo atrás; y en su interior sabe que los sentimientos que tiene por él son profundos. Levanta su mano hacia el frente de la esfera que rodea el casco lista para tocarla. Lune hace lo mismo sin dejar de mirar a Maya, de pensar en la luz que llegó a calmar sus tormentos internos, que le dio esperanzas cuando todo estaba perdido y a la cual le duele ver sufriente y triste. El día que las cosas cambiaron para todos, se prometió a sí mismo a siempre estar con ella y hacer hasta lo imposible por salvar a Shinta y Leiya, por volver a ver su sonrisa verdadera. Las manos de ambos cruzan la barrera y toman al mismo tiempo el casco. Al tiempo que lo sacan de la barrera y los rostros de ambos se funden en un beso, el tiempo parece congelarse e incluso los ronquidos de la bestia se silencian. Del otro lado del puente Chuwen se queda pasmado mirando a la pareja, olvidando su miedo; nota unas lágrimas cayendo ligeramente sobre su cuello, provenientes de Miyahua: "Lo lograron, pasaron la prueba. Ahora necesito que se retiren con cuidado y sin molestar".

La pareja se separa sosteniendo con cuidado el yelmo de plumas. Se arrodillan frente a la Serpiente Emplumada respetuosamente y se alejan sin darle la espalda, cruzan el puente nuevamente, el cual, curiosamente no parece ser tan complicado ahora, como si el peso que llevaban antes hubiera desaparecido. La Serpiente Emplumada no se mueve durante unos momentos y después solo se escucha un ronquido.

—¡Eso fue maravilloso! —la guardiana abraza a Maya en cuanto están fuera del área de la caverna y se aproximan hacia el exterior por el mismo camino que cruzaron antes, llevando con cuidado el yelmo guardado en una mochila cargada por Lune, pero envuelto por una funda especial que la misma Miyahua les entrega—. ¡La Serpiente Emplumada los aceptó de inmediato! He visto de todo en mi vida y son pocos los que realmente son capaces de mostrar tal unión en la dualidad; incluso gemelos han tratado de pasar la prueba y no lo logran. ¡De verdad se aman mucho!

Maya agradece que la oscuridad no les permita a los otros dos que vean con detalle su rostro porque si no verían lo sonrojada que está. Todo lo que pasó antes había sido un momento mágico y hasta ahora parecía reaccionar. Lune, normalmente inexpresivo ahora mismo también está sonrojado pero no pueden notarlo porque Chuwen está literalmente agazapado en su cabeza y con una expresión de molestia.

A pesar de que tienen el yelmo consigo, el camino de regreso parece más ligero que el de ida, e incluso el viaje sobre Axi les alegró mucho, bromeando entre ellos como viejos amigos. Pero también los amigos tienen que despedirse.

Maya y Lune cruzan la última puerta y salen a una selva lluviosa, pero algo en el ambiente ha cambiado; antes de que pudieran darse cuenta de qué fue, una voz a sus espaldas les hace volverse y notar que, donde estaba el portal, ahora un enorme portón de piedra había aparecido y se cerraba poco a poco. Y antes de que se cerrara por completo, ven a Miyahua sonreír con sinceridad.

—Gracias a ambos por mostrarme tan bello espectáculo. El yelmo ahora es suyo y así podrán reunirse con quienes aman.

—Espera Miya ¿por qué suenas como si te estuvieras despidiendo? —pregunta Maya; el dolor de la pérdida de sus dos amigos regresa a ella como estacas—. ¡Ven con nosotros…!

Miyahua abraza nuevamente a Maya con cariño y le susurra: "No puedo. Mi deber como guardiana ahora es sellar el templo hasta que el momento del despertar llegue. He cumplido mi cometido de guiarlos hasta la reliquia, y ahora debo despedirme".

El rostro de Maya se llena de lágrimas, ve con dolor como Miyahua se separa de ellos y entra por la puerta a punto de cerrarse. Justo cuando lo está haciendo, Miyahua se voltea y se quita el casco que trae puesto, mostrando por un instante una hermosa cabellera azulada y una sonrisa cordial que, por fin, Maya sabe a quién le recuerda. La puerta se cierra y tras un ligero temblor las dos serpientes de roca bloquean la entrada del templo, sellando su interior hasta que el momento de abrirse llegue.

Lune se aproxima a Maya y la abraza: la joven se ha quedado pasmada viendo la puerta ahora cerrada, sin poder creer lo que sus ojos vieron al final, preguntándose si no será parte de su imaginación, sintiendo un profundo dolor. Se aferra a Lune y llora, llora con fuerza, como la vez que lo hizo al enterarse que Shinta y Leiya desaparecieron. Ese dolor regresa a ella nuevamente. Permanecen así ambos, durante unos minutos en medio de la lluvia, hasta que el sonido de un trueno los separa y se levantan con cuidado.

—Cumplimos nuestra misión. Ven, Zapir me habló de una cabaña cercana en la que podemos refugiarnos de la tormenta y, cuando se calme, regresaremos a la ciudad —dice Lune y comienza a avanzar a su lado, asegurándose de que no haya peligros en el camino.

Maya no dice nada pero toma su mano con cariño.

Se dirigen con calma hacia la cabaña indicada, subiendo ligeramente una parte de la montaña, hasta que ven la choza en medio de uno de los únicos claros de la selva; si la tormenta no fuese tan fuerte, verían también hacia abajo el estanque de la Serpiente Emplumada y sobre sus cabezas el risco de las serpientes. Mirar la cabaña fue como un descanso para ellos, al sentir sus cuerpos tan agotados y pesados. Caminaron como pudieron por el sendero para llegar hacia ella. Maya se adelantó con Chuwen; cuando estaba a punto de llegar a la puerta, escuchó un grito detrás de ella que le rompió el corazón.

Al girarse, una pesadilla se hace presente frente a sus ojos. Lune ha caído de rodillas y con sus últimas fuerzas lanza la mochila con el casco hacia los pies de Maya; le grita que corra, pero ella no se mueve, sin poder dejar de mirarlos, a él y a la persona que tiene detrás: una mujer idéntica a Nelli, pero que sin duda no es ella; unos colmillos ensangrentados y con veneno sobresalen de su boca, pero antes de que Maya pueda reaccionar, la mujer se da la vuelta y se pierde entre la selva.

—¡Lune, Lune...! —Maya se aproxima al guerrero que lucha por no desmayarse; entonces nota que hay marcas de colmillos enterrados en su brazo. Pese a la confusión trata de hacer lo posible por ayudarlo. Una voz autoritaria le dice:

—¡No lo toques! —le ordena y Maya levanta la mirada: ahí, en medio de la lluvia se encuentran Nelli y Zapir. Ambos lucen abrumados y dolidos. Unas guerreras se aproximan detrás de ellos y se acercan para atender a Lune de manera adecuada y llevarlo al interior de la choza. Otras también recogen la mochila con el yelmo.

—¿Qué está pasando aquí? —pregunta Maya siguiendo con la mirada a Lune inconsciente. ¿Quién diablos era ella?

—Maya, me temo que acabas de conocer a mi hermana Itza. La lluvia atraviesa su corazón.

CAPÍTULO V
GEMELAS

Si esto es una pesadilla, Maya desea despertar pronto.

Se aferra a la mano de Lune mientras éste es atendido por las sanadoras y Zapir, quienes hacen cuanto pueden para tratar de que el veneno no siga avanzando en su cuerpo. Su corazón está dolido y tiene miedo de perderlo. ¿Por qué terminaron las cosas de esa manera? ¿Por qué? Parece que pasó una eternidad desde que se besaron en las Ruinas para conseguir el yelmo que un grupo de guerreras, apiñadas en la esquina de la choza, protegen con recelo.

—¿Se pondrá bien, Zapir? —pregunta Maya.

—Es muy fuerte, pero me temo que el veneno que le inyectó Itza no será fácil sacar sin apoyarnos en el antídoto. Con su fortaleza, puede que aguante un día más, siendo muy optimistas.

El corazón de Maya late con mucha fuerza en ese momento.

—¿El antídoto? ¿Nelli no puede ayudarnos? ¿En dónde demonios está ahora?

—Fue a perseguir a Itza para tratar de conseguir el antídoto, pero dudo mucho que sea tan sencillo.

—¿Y no hay otra forma? ¿No existe acaso un método para yo pueda salvarlo? ¡No quiero quedarme aquí sin hacer nada…!

—Pero estás agotada por tu aventura previa, apenas puedes ponerte de pie —le dice Zapir tratando de calmarla; ella le reclama:

—¡No me importa…! Tengo que hacer algo para salvarlo. ¡No quiero volver a perder a nadie más…!

Su rostro se muestra decidido pese a las lágrimas que lo cubren. Zapir suspira con algo de resignación y se voltea a ver a Lune por unos instantes.

—Si él se entera, me matará, pero no hay otra opción—el anciano saca de entre sus ropas un frasco con un líquido—. Bebe esto, repondrá tus fuerzas por un tiempo pero no te esfuerces demasiado ¿entiendes? —dice. Maya bebe con algo de recelo, pero después siente que sus fuerzas vuelven a ella y su cansancio desaparece—. Escucha bien: sí existe una forma de salvar a Lune y es con las flores Rui.

El rostro de Maya es una mezcla de dolor y esperanza.

—¿Seré capaz de diferenciarlas? ¡Si me equivoco será lo mismo que matarlo! —Se toma la cabeza con las manos, asustada, pero después se calma.

—Basta con que me traigas toda la planta y yo me haré cargo de saber cuál de las dos es la adecuada, no te preocupes —trata de tranquilizarla Zapir—. Además tengo el presentimiento de que podrás encontrarla, sigue tus instintos —ve hacia la puerta—. El problema es la tormenta y la ubicación de las flores.

—¿En dónde están? —pregunta Maya sin dudar; la poción restauradora, más su propia voluntad le han hecho recobrar las fuerzas—. ¡Incluso si están en las profundidades de la tierra, iré…! ¡Aun si debo arrancarlas de la cabeza de la misma Serpiente Emplumada…!

—Tranquila, en teoría sí las arrancarás de la cabeza de una serpiente, pero no de la emplumada —pese a la situación Zapir trataba de mantener la calma—. Las flores Rui crecen en lo alto del Risco de las Serpientes Gemelas. Seguramente lo viste en tu camino al templo.

Maya fue entendiendo la situación.

—Te daré el equipo necesario para que puedas subir por la montaña hasta el risco. El peligro está en que el sendero yace oculto entre árboles y ramas, y la tormenta actual no nos ayuda demasiado. ¿Aun así estás dispuesta a ir?

—¡Lo haré! —repite Maya decidida y se vuelve a ver a Lune, acariciando su frente; él se mueve entre sueños tratando de detenerla, pero Maya le susurra: "Volveré pronto".

Toma el collar de Lune como amuleto y tras unas preparaciones, se interna en la selva mientras Zapir ve con pesar cómo se aleja; le desea la mejor de las suertes.

Mientras tanto Itza está dentro de una caverna que la protege de la lluvia, arrodillada en el suelo y llorando mientras ruega a otra mujer encapuchada, que la ve con furia, sentada en una roca.

—¡Lo siento! ¡Iba directamente a atacar a la chica, pero Lune se interpuso…!

—¿De qué te sirven tus sentidos de serpiente? ¿Cómo te atreves a cometer tal tropelía? ¡Te pedí específicamente que atacaras a Maya…! ¡Ella es la que debería estar sufriendo ahora y muriendo en lenta agonía!

—¡Las flores…! Me pediste que las arrancara para que no pudieran salvarla, pero no lo hice aún ¡Podemos obtenerlas y salvar a ese hombre! —dice Itza desesperada, pero sin levantarse. La encapuchada replica:

—Esa es una excelente idea, pero seré yo quien se encargue de ellas, después de todo soy una experta en flores ¿no es así? —sonríe divertida—. Y tú te quedarás aquí hasta que llegue Mysidia y nos lleve a casa ¿quedó claro? ¡Tú tendrás que ser la que le diga que fallamos al no conseguir el yelmo…!

—Pero ¿estarás bien? ¡Hay una tormenta ahí afuera…!

—¿Por quién me tomas? —la encapuchada sale molesta de la cueva y mientras lo hace se transforma en una mariposa que comienza a internarse en la selva, ignorando las gotas furiosas que normalmente ahogarían a un insecto como ese.

Itza se levanta con cuidado y se sienta en la roca donde su compañera estaba antes. Mira hacia la selva lluviosa, sus ojos se empapan nuevamente de lágrimas. Ese era su hogar, había regresado después de mucho tiempo a su tierra, pero no podía quedarse por muchas ganas que tuviera. No podía hacerlo hasta cumplir con su objetivo, incluso si es una paria para toda su gente.

Entonces escucha pasos entre la lluvia y se asusta, levanta la mirada y se queda congelada al ver el rostro de su gemela frente a ella. Siempre fueron como dos gotas de agua.

—Sabía que estarías aquí Itza —dice Nelli con un tono que Itza no supo cómo describir —. Siempre te escondías aquí cuando discutíamos ¿no es cierto? —agrega. Su voz es suave, dolida; sus ojos muestran frialdad.

—Oh, es cierto, se me había olvidado —dice Itza respondiendo sin darle importancia, pese a que su interior está dolido—. Parece que encontraste mi escondite, como siempre. ¿Y qué quieres? ¿Acaso el antídoto? Desgraciadamente no lo preparé en esta ocasión, así que tendrás que buscar las flores Rui. ¿En verdad está bien que pierdas el tiempo aquí conmigo...?

Palabras duras y solitarias. Nelli no cambia su expresión.

—Es evidente que eso haré en cuanto me digas una cosa. ¿Por qué estás aquí y porqué atacaste a Lune y Maya?

—¡Oh...! ¿Debo explicarte ahora las cosas, hermana? ¿Tanto gobernar sola te ha vuelto inútil? Claramente vine por el yelmo, ya que sería una molestia para los Hijos de la Luna que se reúnan las reliquias. Y, bueno, son algo excéntricos y se les ocurrió que era mejor guardarlas en una bóveda de su colección. Esos chicos tuvieron la mala suerte de ser nuestras víctimas.

—¿Nuestras? Entonces no has venido sola ¿cierto? —afirmó al preguntar Nelli. Por la expresión de su gemela, era evidente que ésta no deseaba que se enterara de eso —. Eres aún muy mala para ocultar las cosas.

Itza retrocede hacia el fondo de la cueva.

—¿Y qué si vine acompañada? Mi compañera esta allá afuera todavía; deberías darte prisa antes de que vaya a matar a esa chica Maya. Es algo inestable y se la tiene jurada.

—¿Por qué a Maya? Si solo quisieran el yelmo, simplemente habrían entrado al templo y atacado a ambos para robarlo antes de que llegáramos, pero tu comportamiento y el de tu compañera han sido muy extraños. Primero te apareciste con tu apariencia de serpiente, llamando nuestra atención para que te buscáramos; si fuera un plan elaborado de los Hijos de la Luna, habrían pasado desapercibidos y obtenido el yelmo atacando a traición y en secreto para robarlo, pero tú hiciste lo contrario, llamaste demasiado la atención y casi decías a gritos que estabas aquí. En verdad ¿qué traman?

Itza le mira cada vez más molesta porque odia que su hermana haya adivinado sus planes.

—No deseo decirte nada más, pero nuestro plan salió mal, así que ahora nos retiraremos.

—¿Planeas marcharte otra vez? Has vuelto a casa, ¿no puedes volver a nuestro lado?

Nelli bloquea la puerta de la caverna con intención de impedir que su hermana trate de salir por ahí, pero Itza continúa retrocediendo al interior de la caverna hasta que toca la pared.

—No pienso volver Nelli. Ese día todo cambió y no puedo regresar a este sucio lugar que me dio la espalda cuando los necesitaba.

—¿Acaso ellos te lavaron el cerebro cuando te secuestraron? ¿Te hacen pensar que es nuestra culpa?

—Quién sabe, tal vez sí o tal vez simplemente siempre fui así, en verdad. ¿No te das cuenta? No dudé en envenenar a un inocente con tal de cumplir mis órdenes. Así soy ahora Nelli, ya no debes decirme hermana.

—Jamás dejaré de decirte hermana, estamos unidas y no pienso rendirme hasta que regreses a casa.

—¡No tiene caso, haz lo que quieras…! —grita desesperada Itza. Justo en ese momento un repentino estruendo proveniente del interior de la caverna desvía la atención de las hermanas: una oleada de murciélagos sale volando hacia el exterior, tan asustados que no les importa salir hacia la tormenta. Y antes de que Nelli pueda reaccionar, una gran cantidad de mariposas rodea a Itza; por unos instantes la tlatoani pudo ver cómo su hermana era rodeada por los brazos de una mujer a la que conocía muy bien.

—¡Mysida…!

—Lamento interrumpir tan hermoso reencuentro entre hermanas, pero es tiempo de irnos —y antes de que Nelli pueda responder ambas mujeres desaparecen tras una ola de mariposas, dejando la caverna solitaria y vacía.

Nelli se queda pasmada unos segundos y después sale corriendo de la caverna para encontrarse con dos de sus guerreras que le dieron una noticia que solo aumentó su dolor.

—¡Tlatoani, la señorita Maya ha ido a buscar las Flores Gemelas!

La reina mira en dirección a los riscos que apenas se veían por la tormenta y reza a la Serpiente Emplumada para que la proteja.

CAPÍTULO VI
LAS FLORES RUI

La mezcla del olor a incienso quemándose y flores va tranquilizando la mente de Lune, lo lleva lejos, internándose en sus más profundos recuerdos, a un jardín que crece en Isla Naufra.

Una niña juega alegremente entre las flores mientras es supervisada por su hermano mayor.

—Sasha, ten cuidado cuando juegues cerca de las rosas, ya sabes que tienen espinas —dice Lune tratando de ser responsable con su hermana, a la cual le lleva apenas unos cuantos años.

—Tendré cuidado, no te preocupes —contesta la niña internándose entre los rosales, muy emocionada ya que ha visto una mariposa de hermosos colores rondar entre ellas.

A Sasha le encanta jugar entre las mariposas. Su hermano no lo sabe pero, en ocasiones estas mariposas llegan a entender sus palabras y hacen lo que ella quiere. Normalmente en cuanto llega la tarde, ambos hermanos regresan a casa para que su padre no se preocupe por ellos. Pese a que Sasha no conoció a su madre, pues fue asesinada por piratas cuando ella era muy pequeña, vive muy feliz al lado de su hermano mayor y de su padre.

Un día Sasha decide ir sin su hermano al jardín, y se encuentra con una dama muy hermosa rodeada de mariposas; sus ropas son de colores muy llamativos.

—Buenas tardes, señorita. ¿También está jugando con las mariposas? —pregunta inocentemente la pequeña. La dama sonríe y le indica que se acerque: "Por supuesto, me encantan y siempre vengo a este lugar cuando puedo. ¿Tu hermano no vino hoy contigo?"

—No, estaba ocupado entrenando con sus amigos y yo me escapé en secreto, porque no quería dejar de visitar hoy el jardín. ¿Cómo se llama usted? Yo soy Sasha.

—A mí me puedes llamar la Bruja de las Mariposas ¿te parece bien? —responde y sonríe la mujer misteriosamente.

La niña no ve problema en llamarla así y juega con la dama entre las flores. La bruja le enseñó varios de sus trucos de magia con los que controlaba a las mariposas para que jugaran con la niña; las ponía a hacer toda clase de acrobacias en el aire.

Sasha estaba muy feliz mientras veía los espectáculos mágicos que la dama hacía. Se olvidó del paso del tiempo. Cuando se dio cuenta ya era de noche. Se sentía mal, pues seguramente su hermano estaría preocupado, al igual que su padre, por lo cual se despidió de la dama Tomada de la mano de la mujer, Sasha camina a su lado, quien la acompaña hasta casa, en medio de una noche mágica.

Despierta a la mañana siguiente, ya en su casa. Ni su hermano parece preocupado por ella ni su padre la regañó. Es más, por lo que le contaron, el día anterior había estado con cama por fiebre. Entonces ¿toda su aventura con la extraña dama había sido un sueño?

No, Sasha sabía que no era un sueño y que seguramente volvería a ver a la Bruja de las Mariposas. Sonrió divertida. Comenzó a desayunar junto a su hermano, quien la miraba confundido.

Desde entonces Sasha visitaba cada vez más el jardín de flores, incluso sin la compañía de su hermano mayor, pues la Bruja de las Mariposas únicamente aparecía cuando estaba ella sola. No debía preocuparse porque alguien la regañara, pues cuando regresaba a casa parecía que el tiempo se había detenido y nadie se había percatado de su ausencia.

—Sasha, no te recomiendo ir hoy al jardín de flores, se aproxima una tormenta a la isla y anuncian que será muy fuerte —le dijo Lune mientras cerraba las ventanas para protegerse de la lluvia que había empezado a caer.

—Sólo será un ratito, regresaré justo antes de que empeore la lluvia —le indicó con alegría la niña—. Además, hay que cubrir con unas mantas las flores para que no se dañen con la lluvia, como lo hacemos siempre que va a haber tormenta ¿no?

—Pero ¿de verdad podrás tu sola? ¿No quieres que te acompañe?

—Estaré bien, hermano —ella no quería revelarle que protegería las flores al lado de la Bruja de las Mariposas.

—Bien, no sé por qué últimamente no pareces querer que vaya, pero me sentiré más seguro si por lo menos te acompaño un trecho del camino.

—Está bien, si eso te hace sentir más seguro, pero tienes prohibido entrar al jardín ¿entendido?

Lune suspira y acepta la propuesta. Suben la colina que lleva al jardín de flores. El niño se queda esperando por los alrededores mientras Sasha entra al sitio de las flores decidida a protegerlas. De haberse revelado Lune, seguramente habría evitado la tragedia que sucedió mucho después.

Aún ahora se arrepiente de no haberla protegido.

El viento meció un poco el olor de las flores y la memoria de Lune voló al día en que salió de Isla Naufra para formar parte de la expedición de La Audaz Navegante.

Lune colocó unas flores en una tumba, miró con cierto dolor la lápida que estaba en el centro de aquel hermoso jardín de flores. El niño había crecido y se había convertido en un adulto con una mirada fría y solitaria.

—Sasha, ha pasado tiempo desde que vine a verte, pero hoy me iré de esta isla un tiempo y quería despedirme.

Cerró los ojos unos segundos.

—Decidimos hacer una tumba en este jardín porque siempre fue tu favorito —la sepultura estaba vacía pues nunca lograron encontrar el cuerpo de su hermana menor, que suponen fue llevado por el agua en aquella terrible tormenta—. Incluso esa noche querías venir sin importar que estuviese lloviendo. Siempre te preocupaste por las flores.

El joven se despide del sepulcro por última vez. Sale con tristeza del jardín que tantos malos y buenos recuerdos le trae.

En los alrededores del jardín, una pequeña mariposa morada revoloteaba. Por unos segundos se proyecta la sombra de una mujer sobre la fosa, pero después tan sólo se ve el movimiento de unas alas al alejarse.

Lune abre los ojos repentinamente. A su lado Chuwen se acerca al verlo despierto. Empieza a mover sus manos, realmente confundido. Su cabeza le da muchas vueltas y aún siente la fiebre muy alta. Se gira para encontrarse con la mirada de Zapir.

—¿En dónde está Maya? —pregunta de inmediato.

—Está haciendo lo que debe hacer, no te preocupes y descansa —le contesta el anciano, quien coloca su mano sobre la frente del albino, otra vez adormecido por el olor del incienso y de las flores. Se queda dormido profundamente. Zapir suspira y regresa a su posición inicial. Al instante entra la reina de las serpientes con cara de pocos amigos.

—¿De verdad le mentirás acerca de adónde fue Maya? Estoy preocupada por ella. Mi hermana y Mysidia escaparon y no logramos localizar a su otra cómplice ¡Estoy harta…! Voy a ir a buscar a Maya. Tengo un mal presentimiento.

—Lo único que puede hacer Lune ahora es descansar si no queremos que el veneno avance más de la cuenta. Tú sabes muy bien que la única forma de curarlo es con el antídoto que fue a buscar Maya.

—Aun así iré a ayudarla, y no me importa que me digas que no tengo que ir en contra del destino o algo así —la reina de las serpientes lo mira desafiante pero el anciano no pierde la calma.

—Querida, jamás te pediría que no intervengas en esta situación; es más, te pido por favor que traigas sana y salva a la señorita Maya. Yo me quedaré cuidando a Lune y protegiendo la reliquia junto con tus guerreras.

—Esa maldita reliquia, todo esto está pasando a causa de ella ¿De verdad vale la pena luchar por eso? —protesta furiosa la dama.

—Lo vale. Y lo sabes. El destino de este mundo depende de que las reliquias sean reunidas.

—Lo sé —comenta la reina de mal humor y sale del recinto sin decir una palabra más, internándose en la selva en silencio, deslizándose como una serpiente en la oscuridad.

Lune se remueve entre sueños. El mono se aferra más a él y Zapir coloca una toalla húmeda en su frente para tratar de bajarle la fiebre, pero no puede hacer nada más hasta que llegue a sus manos el antídoto. El destino, sin duda se muestra cruel. ¿Será capaz Maya de encontrar la flor adecuada? Pese a su sabiduría, por primera vez en su vida Zapir no ve claro qué ocurrirá, pues el azar es impredecible.

La tormenta empieza a calmarse conforme los pies de Maya se acercan a su destino: después de un camino tortuoso logra llegar a la parte superior del risco y, por fin, ve las flores Rui.

De inmediato piensa que son las flores más hermosas que haya visto y se da cuenta de por qué las llaman gemelas: en realidad es una sola planta de la cual salen dos flores idénticas una de la otra; una de ellas puede curar y la otra envenenar. La esperanza y la desesperación en una sola planta.

Maya se acerca con cuidado a ella y saca de entre sus ropas la bolsa que le entregaron para transportarla; siente cómo la tormenta va terminando. En ese instante el cielo se despeja y los rayos de la luna hacen que la flor se ilumine con un color muy hermoso. Esto hace que, por un instante Maya no desee arrancarla, pero el pensar en Lune le hace no retroceder.

Corta la planta con cuidado, tal y como le indicó Zapir que hiciera, la guarda en su bolsa y se aproxima hacia lo alto del risco para observar.

Al ser el lugar más alto de la isla puede ver el mar, y entre la selva, la ciudad y su palacio. No puede mirar el templo porque está bajo sus pies, pero sí nota unos cuantos agujeros entre la selva; supone que son otros cenotes y el Estanque de las Serpientes, cerca del cual está la cabaña donde se encuentra Lune.

No puede perder más tiempo, debe regresar a su lado y llevarle el antídoto pero, justo en el momento en que se va a girar para alejarse del risco, siente como su cuerpo se desprende del suelo y ve a una mujer sonreír victoriosa por cumplir su cometido.

Apenas tiene tiempo de aferrarse con su mano al risco mientras con la otra sostiene la bolsa donde están las flores que acababa de cortar. Justo en ese instante la mujer toma su brazo.

—Desde ahora nuestro destino esta sellado.

Maya grita de dolor al sentir un hormigueo recorrer todo su brazo y, pese a ello, con desesperación se aferra con su mano a la piedra.

Con sus últimas fuerzas mira a la mujer que la veía: era una copia casi idéntica de Lune pero con el pelo corto.

—¿Lu...ne? —se atrevió a preguntar aferrándose más a la piedra.

—¡Oh...! ¿Verdad que nos parecemos? Pero no soy él.

Y sin piedad alguna empieza a pisar la mano de Maya.

—Te dejaré ir para que cures a mi hermano, porque no puedo dejar que muera antes de verte morir a ti. Cuando tenga tu cadáver en sus manos, le arrancaré la cabeza. ¡Recuerda, soy Sasha y ahora estamos unidas por el sello de la serpiente mariposa!

Y tras esas palabras, pisó la mano de Maya, tirándola al vacío.

Lo último que vio la castaña fue a Sasha riendo mientras desaparecía entre las mariposas.

Y entonces solo pensó en aquellos que dejaba atrás.

CAPÍTULO VII
EL SELLO

Cuando Nelli encuentra a Maya, se le hiela el alma al verla caer hacia el vacío. Concentra sus poderes y sin esperar a que el proceso de trasformación termine, se lanza con apariencia de serpiente para amortiguar la caída de la muchacha que se desliza por su piel con elegancia y cae, sin daño alguno, en los brazos de sus fieles guerreras.

Antes de deslizarse por la selva, le ordena a las guerreras que lleven a Maya de regreso a la cabaña. Ellas obedecen; también llevan consigo las Flores Rui, admiradas por la insistencia con la que la joven se aferra a la bolsa a pesar de estar inconsciente.

Nelli regresa después de una media hora a su aspecto de mujer. Al llegar a la cabaña se encuentra con Zapir atendiendo las heridas de Maya; nota que Lune está recuperando su color gracias al antídoto de las Flores Rui. A pesar de ello le inquieta la cara de preocupación que aún presenta Zapir.

—¿Qué sucede? No me irás a decir que fallaste o algo no… —pregunta afligida.

Zapir niega con la cabeza, Nelli solo ha visto esa expresión en el tapir unas pocas veces en la vida: cuando el rey Tapir perdió a toda su familia y cuando perdieron la guerra contra los soldados negros, momentos muy dolorosos para todos. Entonces ¿por qué ahora volvía a tener esa expresión?

—Ambos se recuperarán pronto. Con ayuda de la planta he logrado neutralizar el veneno del cuerpo de Lune; las heridas de Maya no son tan graves, pero ha surgido un problema que no me esperaba. No tiene caso que te lo explique, es mejor que lo muestre.

Y entonces la reina serpiente ahoga un grito cuando el tapir levanta la sábana que cubría el cuerpo de Maya para mostrar en uno de sus brazos un tatuaje brillante con forma de mariposa, cuyas alas recordaban a los ojos de una serpiente, un grabado que parecía estar vivo y se movía por su brazo, hermoso y escalofriante al mismo tiempo.

—Hace siglos que no veía el sello de la Serpiente Mariposa ¿cómo es posible? ¿Es acaso obra de Mysidia? Estuvimos ahí cuando la última de las serpientes mariposas fue erradicada, cuando la amante de Mysidia murió en sus brazos, día tras el cual se marchó. ¿Cómo es posible que el sello esté de nuevo activo?

—Yo tampoco lo entiendo, pero es un hecho que el sello está de regreso y ahora la vida de Maya corre peligro: las de ella y de la persona que le colocó el sello están ligadas la una a la otra, eternamente, hasta que alguna de las dos muera. ¿No viste a la persona que le puso el sello?

—Debe ser la otra compañera de Mysidia e Itza; mi hermana mencionó que estaba obsesionada con Maya por alguna razón que desconozco. Tal vez cuando ella despierte nos pueda aclarar lo que vio.

Nelli está furiosa consigo misma por no haber llegado a tiempo para salvar a Maya. Ahora no puede hacer nada: de nuevo perderá a las personas que quiere, sin poder evitarlo. Estrecha con su mano la de Maya; la joven duerme con calma mientras sostiene con su otra mano la de Lune. El solo hecho de que ese sello le haría la vida más dura a partir de ahora, le remueve el estómago a Nelli, pero no puede hacer nada más que apoyarla con todas sus fuerzas. Si Ikal hizo un juramento de proteger a Gira eternamente, ahora sería Nelli, la reina serpiente quien jurará que apoyaría a Maya en lo que fuese necesario, pues las nuevas generaciones no debían cargar solas con el peso de sus propios errores.

Siente una mano en su hombro y ve al viejo Zapir, quien la mira con tristeza pero también serenidad, mostrando su apoyo. Le indica que por ahora es mejor dejar que descansen y proteger el Yelmo hasta que ambos jóvenes estén listos para reunirse con el resto de su tripulación.

Nelli asiente y salen de la cabaña custodiando el Yelmo junto con las guerreras. Aún deben asegurarse de que los enemigos no estén por los alrededores. Y hay un montón de trabajo que hacer.

Dejaron que Lune y Maya descansaran, pues lo necesitaban después de todas las emociones que habían tenido que vivir; solo algunas guerreras vigilaban los alrededores para asegurarse que nadie se acercara a la cabaña. Incluso Chuwen se retiró de la casa y se puso a protegerla en el exterior, con ayuda de algunos de los monos de los que ya se había hecho amigo.

Las estrellas brillan en el cielo cuando Lune abre los ojos. Su cuerpo se siente relajado y tranquilo como si se hubiese desecho de un gran peso. De inmediato siente que una de sus manos sostiene la de otra persona y al ver a Maya dormida a su lado suelta un suspiro de alivio, se incorpora con cuidado y se para frente a la cama de la joven, tocando sus cabellos con suavidad. Nota que esta está tranquila. Sin palabra alguna entiende que ella le salvó la vida, pero aún desconoce a qué costo. Lo que le interesa es que está viva frente a él. Se encuentra aliviado por ello.

Con el gesto de él en sus cabellos, Maya va despertando poco a poco. Al ver el rostro de Lune sonríe con ternura.

—¿Estoy en el otro mundo? ¿O pude salvarte?

—Si esto es el más allá, agradezco que estés aquí —le dice Lune sonriendo también y acariciando su rostro—. Pero a juzgar por los chillidos inconfundibles de Chuwen en el exterior, parece que estamos vivos y lograste salvarme.

Maya se ríe por sus palabras y para él es como escuchar una canción. Al incorporarse la castaña nota enseguida el tatuaje de mariposa que revolotea por todo su cuerpo, pero no parece afectarle físicamente del todo. A Lune parece alertarle y se acerca tratando de tocarlo, pero el tatuaje se aleja como si fuese una mariposa asustada.

—Parece que tenemos problemas ¿cierto? Y yo que pensaba que ya tenía suficientes —a Lune le sorprende que Maya esté tan tranquila, aunque nota que hay una expresión de dolor y duda en su mirada mientras habla—: Debo decirte la verdad, pero tengo miedo a que eso te lastime. ¿Crees que puedas soportarla?

—Lo haré, no puede haber nada peor que la idea de perderte —le dice Lune. La abraza, la besa, acaricia su cabello—. Pero hablemos de las cosas tristes en la mañana ¿sí? Hoy solo quiero que descanses y no pensemos en nada más.

Maya se ríe entonces, correspondiendo a sus besos.

—Quién diría que serías tú el que me sedujera para que abandonará mis responsabilidades; a Gira le va a dar un ataque cuando se entere que quien siempre acata las órdenes, ahora me dice que las deje para después— comenta Maya y lo besa en los labios.

—La capitana no está ahora presente ¿no es cierto? Por lo tanto no puede darnos órdenes.

Y ambos vuelven a reír y besarse para después dormir abrazados como dos almas gemelas en sintonía, en medio de los sonidos nocturnos de la selva. Nadie nota una mariposa solitaria que revolotea entre los árboles, dispuesta a llevar un importante mensaje: se pierde entre la espesura sin sospechar que es perseguida por otra presencia.

CAPÍTULO VIII
LA TIERRA DORADA

—Hace un calor problemático —dice Rimú sosteniendo un abanico para echarse aire a la cara porque, pese a que tiene un sombrero no le es suficiente para protegerse del sol abrasador de la zona—. Empiezo a extrañar la brisa problemática del mar.

—Sí, si no fuera porque llegamos en barco pensaría que este desierto no es una isla —a su lado una joven pelirroja hace lo posible por refrescarse con un poco de agua que toma de su cantimplora—. ¿Me puedes recordar qué estamos haciendo en este infierno?

Rimú suspira, está demasiado agobiado por el calor como para hablar en ese momento; no responde pero su mente viaja muy rápido a la mañana cuando Gira decidió que lo mejor era dividirse en grupos para buscar la reliquia. Lo que sucede es que la reliquia que necesitan buscar ahora está dividida en dos partes, ocultas en diferentes zonas de la Tierra Dorada, el nombre de la isla en la que se encuentran, una tierra árida, propia solo para las cactáceas que lucen ahí. Por sorteo habían escogido a los equipos y Rimú tuvo la mala fortuna de ser uno de los elegidos junto con Azalea, aunque siente más compasión por Félix, pues debe proteger a Gira.

En una lancha de remos Rimú y Azalea se aproximaron a la entrada oeste del desierto de la Tierra Dorada, mientras que la capitana y el vigía se dirigieron hacia la única ciudad de la isla, capital del archipiélago en el que estaban: Bichubé, urbe principal del reino de Ventus, lugar al que se dirigían tanto Rimú como Azalea, donde se ubica Dani Gueu, un campamento de exploradores que han dedicado su vida a cazar y estudiar tesoros en las Ruinas antiguas que hay en la isla, al parecer perteneciente a la antigua metrópoli de Lyobaá, sepultada por una tormenta de arena hace muchísimos años. Y en las profundidades de esas Ruinas también está el Templo de los Caracoles, lugar en el que se encuentra la reliquia que están buscando.

—Oh ¿cuándo demonios van a llegar nuestra guía? ¡A este paso me derretiré…!

La queja de Azalea hizo que Rimú saliera de sus pensamientos y suspirara, pero antes de que pudiera también quejarse, vio a una mujer correr hacia ellos. Era muy hermosa, de piel morena y cabello negro.

—¡Lo siento mucho…! ¡Juraba que llegaban mañana! —dice la joven, tratando de controlar su respiración para recuperarse—. ¡Los llevaré al campamento ahora mismo! Mi nombre es Meye y seré su guía hasta Dani Gueu. ¿Están preparados para partir? —les pregunta con una sonrisa enigmática y mirándolos desde sus ojos azules que parecen pozos de agua en el desierto.

—Sí, por supuesto. Es un placer conocerte Meye. Mi nombre es Azalea y este es mi compañero Rimú. ¡Pensaba que me iba a derretir, pero ahora que has llegado podemos marcharnos…!

Rimú suspira y asiente con la cabeza, aliviado al no tener que presentarse porque siente rasposa su garganta por la sequedad provocada por el calor.

El viaje al Campamento de Exploradores no fue tan pesado gracias a unos berrendos, mamíferos de grandes cuernos que, al dejarse montar les ahorraron tener que caminar; gracias a su velocidad llegaron al Campamento de Exploradores en un pestañeo. Los visitantes se quedaron muy sorprendidos al encontrar, más que un campamento, un pueblo de casas de cal y canto, con gente que va y viene, gran parte de ellos exploradores, pero también personas con atuendos y ropas de vaqueros.

—¡Mira nada más…! ¡Este es el pueblo de los sueños de Jake! ¡Todos en Dai lo tiran de loco, pero en verdad existe! ¡Quiero verlo de nuevo y contarle en donde estamos! —grita Azalea emocionada. Rimú más o menos recuerda al personaje vestido con ropas similares a las de quienes están mirando ahora mismo. Por otro lado, le causa dolor pensar en Isla Dai, pues también piensa en Shinta y no puede evitar imaginar la cara que tendría el castaño cuando viese el lugar.

Azalea parece estar también triste por el mismo motivo, por lo que Maye les empieza a hablar de la historia del pueblo, que empezó como simples tiendas de campaña y terminó volviéndose una población completa de exploradores, pero que no puede ser habitado todo el año porque la tormenta de arena se vuelve cada vez más agresiva.

Ante esas palabras Rimú y Azalea notan entonces que, al fondo del campamento, pero lejos del mismo, se erige un enorme remolino de arena que danza de manera espeluznante, acercándose lenta y silenciosamente adonde están, jugando con las mentes de quienes lo ven.

—¿Siempre ha existido esa cosa problemática? —pregunta Rimú a Meye mientras dejan a los berrendos en los establos, a la entrada del pueblo.

—No, antes era muy sencillo acercarse a las Ruinas de Lyobaá, pero desde hace unos meses se presentó esa tormenta de arena, cobrándose la vida de algunos expedicionarios que estaban en esa zona. No ha avanzado hacia aquí, pero nos impide acercarnos a las Ruinas —explica Meye mirando con nostalgia el enorme remolino. Después aparta la mirada y agrega—: pero no es hora de hablar de eso sino de cosas buenas. Mi jefe los está esperando, emocionado por verlos de nuevo.

A Rimú le extraña que haya usado la expresión "verlos de nuevo" y no "conocerlos". Tiene un extraño presentimiento. Azalea no lo nota al estar mareada por el calor. Los tres se abren paso por el campamento y llegan a una tienda enorme a las afueras, donde pueden sentir con más fuerza el viento causado por la tormenta de arena.

—¿Es en verdad seguro tener una tienda tan cerca de esa problemática tormenta? —pregunta Rimú entrecerrando los ojos y suspirando de alivio cuando entran a la casa de campaña, cuyo interior está protegido del viento del exterior.

—Por supuesto, es mejor tener al enemigo en la mira ¿no es cierto? Entre más cerca esté el cazador de su presa, mejor —se escucha una voz frente a ellos.

Rimú parpadeó confundido, solo el grito de júbilo de Azalea le hace darse cuenta de que ese desierto no le está presentando un espejismo.

—¡Jake! ¡Demonios! ¡Justo estaba pensando en que quería verte! ¡Y te apareces! ¡Jake, te extrañé mucho!

Azalea se abalanza sobre Jake como un león sobre su presa. El vaquero se ríe mucho ante ese acto y la acoge con cariño en sus brazos, como quien recibe a una vieja amistad.

—Yo también me alegro de verte, petirroja explosiva ¿Cómo está mi navegante favorita?

Rimú abre y cierra la boca aún sin comprender que está pasando. Meye se ríe discretamente en el fondo, dándoles su espacio.

—¡Eso es lo que quisiera saber yo…! ¿Cómo demonios estás aquí? ¿Están bien todos en Dai?

El silencio se hizo presente y eso fue suficiente para que Rimú reaccionara por primera vez ante la sorpresa: el rostro de Jake se distorsiona. Explica:

—No lo sé, cuando yo dejé la isla todavía no aparecía esa enorme muralla. Así que desconozco el estado de Isla Dai. Lo lamento.

Azalea no pudo evitar soltar unas lágrimas sobre su rostro. Entonces Meye se acerca por primera vez y dice:

—¿Por qué no les cuentas lo que ha pasado? Y ellos también te pondrán al día de sus aventuras ¿no? Puedo traerles algo de comer y beber.

—Te lo agradezco mi querida camaleona del desierto —dice Jake con una sonrisa divertida. La mujer le mira de mal humor.

—Ya te dije que no me digas así, pero lo haré. También iré a buscar a Sasobek. Me pidió que le avisara cuando llegaran —y sale de la tienda.

Jake invita a Rimú y a Azalea a tomar asiento en un par de sillas, ante una mesa al centro de la tienda. Pese a que luce con las ropas y harapos que siempre vestía en su isla natal, ahora su rostro se nota más demacrado por el clima del desierto; su mirada muestra un profundo dolor que parece disfrazar con su sonrisa ladina.

—Hace unos cuantos meses, cuando Shinta y ustedes llegaron a la isla, y después de la aventura contra esas criaturas oscuras, me di cuenta de que no podía seguir perdiendo el tiempo. Debía aventurarme por mi propia cuenta al mar, por eso no les pedí acompañarlos, pues aún tenía que arreglar unas cosas en el rancho, ya que el *sheriff* no puede abandonar tan fácilmente sus responsabilidades.

Azalea sonríe levemente, aún sin quererlo, pues esa charla le hace sentir nostalgia de su infancia en la isla, de las aventuras que vivió junto con Shinta, Maya, Félix y los gemelos Jake y Juno.

—En fin, después de decidirlo negocié con algunos de los pescadores de la isla, quienes me prestaron uno de sus barcos. Lo usaría al menos para llegar a alguna isla cercana, ahí tomar otro barco y llegar hasta aquí. Al contrario de lo que pensaba, mi hermano Juno decidió acompañarme, pues al parecer recibió un encargo muy importante y su deber como cartero era entregar cualquier carta, aunque debiese salir de la isla.

—¿Entonces Juno está también aquí? —le interrumpe Azalea, a quien la sola idea le hacía ilusión, pero el rostro de Jake se pone algo sombrío.

—No, me temo que mi hermano y yo tomamos caminos diferentes después de que nos enteramos de lo ocurrido con la aparición de esa enorme pared. Lo acompañé hasta Luminor donde él debía entregar la carta. Yo tomé un barco mercante hacia aquí. Él debe estar en Luminor todavía, pues no puede volver a casa ahora que Tlaxelolteoatl nos separa de nuestro hogar.

La tristeza recorre la estancia y Rimú piensa en lo que dejó atrás en isla Naufra. Desea desde lo más profundo de su corazón que Volko, Diko y Lanwer se encuentren sanos y salvos, y no solo ellos, también el resto de los habitantes de Naufra que le dieron cobijo, aun cuando él era un náufrago huérfano.

—Pero ahora quiero que me pongan al corriente de sus aventuras. ¿Pueden decirme qué ha pasado desde que nos separamos en Isla Dai?

Rimú suspira y comienza a contarle todos los detalles de sus aventuras, excluyendo algunos detalles de poca importancia, hasta que el Tlaxelolteoatl separó el mundo. Por supuesto cuenta el momento en que se apartaron de Shinta y Leiya.

—Está vivo —dice entonces Jake ante la sorpresa de ambos piratas—. Tiene que estarlo, de lo contrario no sería el valiente cartero que yo entrené. Dudo que un simple maremoto pueda contra él. Shinta está vivo, aunque tal vez atrapado en un agujero de conejo, esperando que lo encontremos.

Azalea deja caer unas lágrimas ante sus palabras. Rimú no puede evitar sonreír.

—Supongo que tienes razón, ese chico problemático es duro de roer y debe estar en alguna parte de este problemático mar.

Y los tres se quedan hablando con más calma de los detalles de la misión, en un ambiente más relajado, como si el simple hecho de mencionar a Shinta les hubiese limpiado el espíritu y hecho recuperar las energías.

Al poco rato Meye regresa acompañada por un anciano de estatura baja, quien se presenta como Sasobek y dice que quiere pedirles un favor.

—¿Un rescate? —pregunta Rimú confundido—. ¿Quién es la problemática persona a la que debemos rescatar?

—Se trata de la regente de la ciudad de Bichubé.

Aquello confunde más a Rimú y a Azalea.

—Pero según nuestros datos, el regente de la ciudad de Bichubé es un hombre. ¿Qué está pasando? —pregunta Azalea.

—Es una larga historia ¿están dispuestos a escucharla? —Sasobek los mira. Algo en su mirada denota desesperación y ruego, por lo que Rimú responde:

—De acuerdo, vamos a oírla, por más problemática que sea.

Toman asiento nuevamente y el viejo comienza su relato. Se aíslan del bullicio del exterior del campamento, mecidos por el arrullo del viento.

CAPÍTULO IX
OASIS

Bullicio. Es la palabra que Gira busca. La ciudad de Bichubé es muy animada. Comercios por todos lados, bares llenos, incluso a plena luz del día. Familias refugiándose del sol y del calor.

Al fondo de la metrópoli se encuentra el único edificio construido de manera distinta: el palacio. Sus grandes muros parecen aislarse del resto de las construcciones, se mezclan con la gran roca en forma de caracol sobre la que están construidos; es evidente que para edificarlo hace muchos años, decidieron partir de la roca. El Palacio gigante era una fortaleza impenetrable, o eso dicen las historias.

Los caracoles, por otra parte, están incluidos en la decoración de toda la urbe.

—¿De verdad estaremos bien solos, capitana? —pregunta Félix sacando a Gira de sus pensamientos.

—Lo estaremos. Eres el único hombre que necesito para entrar a ese lugar. Los demás estarán esperando en un sitio seguro, ya sabes que no podemos entrar con un barco pirata al puerto, por lo que irán entrando poco a poco a la ciudad. Nos sacaran de apuros si es necesario. ¿O qué? ¿Preferías ir con tu hermana y Rimú a una misión casi suicida?

Félix tiembla un poco, aún no se acostumbra al carácter tan duro de su capitana. Él entró a la tripulación para proteger a su hermana, pero también obtuvo el puesto de vigía nuevamente y ganó el respeto de sus compañeros.

—La verdad me preocupa un poco que mi hermana se meta en problemas.

—Oh, vamos ¿otra vez con eso? Discutimos por horas cuáles serían los equipos ideales para esta misión. Al final se decidió por sorteo. ¡Así que no quiero quejas! ¿Entiendes? —bufa Gira y enciende un cigarrillo—. Por ahora nos dividiremos. Nos veremos dentro de una hora en la fuente de esta misma plaza. Busquemos información acerca de cómo podemos infiltrarnos en el palacio. ¿Entiendes?

—A la orden capitana.

—Muy bien, y trata de no llamar la atención ¿quedó claro?

—A la orden capitana.

Gira le da la espalda y se marcha. Félix sospecha que debe darse prisa para buscar información y después reunirse con ella, pues aunque Gira se ha vuelto más responsable, Haida y Grick le dejaron claro a él que debe encargarse, a como dé lugar, de que no se meta en problemas. Por lo menos adquirió experiencia cuidando a su hermana.

Se da vuelta para ir en sentido contrario a Gira e ingresa al primer local que encuentra.

Por su parte Gira se internó en el primer edificio llamativo: el mercado. Una voz la llama desde ese sitio o por lo menos eso escucha, pero cuando entra solo encuentra un montón de gente haciendo sus compras, comerciantes regateando y mucho

Ruido. Ese sitio era como un laberinto y si no se cuidaba podía perderse, aunque realmente no le interesa. Sigue caminando ignorando a los comerciantes que le ofrecen productos, continúa su camino hasta toparse con una puerta protegida por dos mastodontes: dos hombres amenazantes que la miraron con seriedad, pero semejantes a niños comparados con los piratas de su tripulación.

—Esta es un área restringida. Solo se puede pasar con la contraseña secreta.

—¿En serio? ¿Y cuál es? ¿El fuego de nuestras almas? —bromea la capitana pero, para su sorpresa los dos mastodontes se miran y se apartan de inmediato.

—Lamentamos haber sido tan bruscos, no sabíamos que usted era miembro. Pase por favor.

Y le abren la puerta. Gira entra con serenidad, tratando de no reírse por haber literalmente atinado a la primera, sin quererlo, en broma. Es que solo pensó en la frase más ridícula que se le ocurrió. La puerta se cierra tras de ella. Llegó a un ambiente relajante. Era evidente que había entrado a un sitio muy diferente al resto del mercado. Un salón repleto de mesas, con un escenario tapado por un telón, al fondo. A los costados, puertas que llevan a escaleras que parecen conducir a la parte superior.

El humo del incienso quemándose recorre toda la zona, la música no interrumpe a los pocos comensales que charlan entre ellos animadamente, mientras meseros y camareras de raza noctámbula sirven sus bebidas y atienden a la clientela. Es evidente que es uno de esos clubs nocturnos que también parece estar activo durante el día. Una dama vestida con una túnica roja que Gira identifica como una noctámbula ave, se le acerca. Tiene unas alas de garza en su espalda y su cabello rubio corto se entremezcla con plumas blancas.

—Bienvenida madame ¿desea una mesa para comer? ¿O quiere adquirir alguno de nuestros productos? Tenemos todo tipo de perfumes, esencias y, por supuesto también ofrecemos *limpias*, aunque si prefiere otro tipo de servicio...

—No gracias —contesta Gira, buscando ligeramente el origen de la voz que sigue llamándola—. Bueno, pensándolo mejor quiero que me des una mesa. Me muero de hambre, pero ¿no tendrás una más privada? Tengo preguntas que hacerte.

—¡Oh...! Por supuesto, acompáñeme.

Gira sigue a la dama garza por los pasillos del restaurante, ignora el escándalo de las mesas y un Ruido que parece provenir de detrás del escenario; ambas mujeres suben por las escaleras que llevan a la segunda planta.

La luz del exterior se filtra por unos vitrales de colores, dando un aspecto más agradable a ese piso, a diferencia del inferior. La dama garza invita a Gira a que se siente en uno de los sillones, frente a una mesa—. Espere aquí.

La noctámbula entra por una puerta que parece dar a la cocina. Gira respira hondo y ojea la carta para ver qué puede comer, pero realmente no está ahí para eso. Necesita encontrar la voz que sigue hablando. Tiene la sensación de que está cerca.

A los pocos minutos regresa la dama garza y se sienta frente a ella. Un mesero se acerca a pedirles la orden y se retira a la cocina. La dama comienza a hablar.

—He estado esperando el día en que pudiese conocerla en persona, capitana Gira.

Gira se levanta de golpe y la mira con cierta desconfianza, preparada para desenfundar su pistola si es necesario.

—Por favor, no se alarme, no pienso hacerle daño, no soy su enemiga. Se dé usted porque estoy conectada a la red de aves, gracias a nuestro rey Ikal.

La capitana no se mueve aún, pero empieza a comprender algunas cosas.

—¿Me estás diciendo que esa red también le afecta a noctámbulos aves? Excelente, ahora sí que estoy enloqueciendo. Voy a matar a ese pájaro por omitir esos detalles.

—No lo haga, el señor Ikal ha estado muy ocupado últimamente. Me pidió que fuese yo quien le explicara eso, sabiendo que iba a venir. Y no se preocupe, como favor especial, su majestad Ikal me permitió ingresar a la red, no es que todos los noctámbulos ave puedan entrar, eso sería un riesgo enorme, pues los noctámbulos enemigos se aprovecharían de eso.

Gira se sienta, abatida y enciende su cigarrillo.

—Muy bien, entonces comienza por presentarte y por decirme toda la información que puedas sobre esta isla y la manera en que puedo ingresar a ese maldito palacio.

—Muy bien. Mi nombre es Shiga. Soy la dueña de este local. Lamento si su aspecto parece ser lo contrario, pero le aseguro de que nadie aquí la pasa mal. "El Oasis" es justamente eso, un lugar para que la clientela se relaje. Por supuesto, tenemos estrictas reglas para entrar y castigamos a quienes se pasan de listos.

—Espera, espera, yo adivine tu contraseña fácilmente. Hasta un niño lo haría —dice Gira mientras come.

—Eso… es… —el rostro de la dama garza mostró su sonrojo—. Me temo que les indique a mis hombres que en cuanto llegara, aceptaran cualquier contraseña que les diera. Por supuesto que tenemos otras claves y maneras más eficientes de cuidarnos.

Gira casi se atraganta. Eso explicaba por qué fue tan sencillo entrar. Aunque es un golpe a su orgullo, no se lo toma tan mal.

—En fin, no quiero más detalles de este sitio. Me interesa saber más sobre la voz que sigo escuchando que me llama, porque evidentemente no pareces ser tú. Y también deseo que uno de tus hombres vaya a buscar a mi guardaespaldas Félix, que debe estar buscándome como loco.

—Me he encargado de hacerlo hace rato. No deben tardar en llegar.

Gira se ríe de repente al recordar lo que hay en el primer piso. Y al imaginarse la cara de terror de Félix, se ríe más. Seguramente Azalea la mataría cuando se enterara de que llevó a su hermano a un sitio de placer. Respira hondo.

—Bien, continúa pero no me digas cómo ingresar al palacio hasta que llegue Félix. Deseo que también escuche.

—Excelente. Mientras tanto le explicaré sobre la voz que escucha; le adelanto que es un ave. Cerca de aquí, en una casa escondida, vive un comerciante de mal renombre, heredero de una antigua familia de traficantes —el tono de voz de la dama va aumentando, Gira nota su enfado—. Tiene atrapado en una jaula a uno de los pocos Fraus que quedan.

La pirata se sorprende.

—¿Dijiste Frau? Pensé que esa ave era una leyenda. ¿No es esa que cambia de aspecto y se mezcla con otras aves? Dicen que nadie ha visto su aspecto real, es como un camaleón con plumas.

—Hace tiempo los Fraus eran bastante comunes, pero fueron desapareciendo por la caza ilegal de traficantes que los vendían a precios exorbitantes por su rareza. Heishi Mare puso orden en eso y todas las especies atrapadas fueron liberadas, pero quedaron pocos Fraus. Y el que está atrapado en ese sitio es uno de los últimos. Fue separado de su familia por el y atrapado por ese traficante.

La mención de la muralla le hizo recordar a Gira cosas desagradables. Ese Frau es como ella y su tripulación. Separados de sus seres queridos por la fuerza.

—Entiendo, ¿tratas de decirme que tengo que robarme a ese Frau? ¿Cómo se relaciona eso con ingresar al palacio? —pero no fue necesario que Shiga le respondiera. De inmediato conecta la información que tenía y entiende que rescatar al Frau sería muy positivo para su misión—. Lo haré. Haré un trato con ese Frau; lo voy a rescatar y luego lo convenceré de que se una a mi tripulación. Sus poderes de cambiar a cualquier forma de ave es justo lo que necesito. Y por supuesto, nuestro objetivo final es cruzar ese Muro, así que lo llevaré con su familia. Soy una experta en buscar familias, después de todo.

Shiga sonríe satisfecha. Continuaron charlando un rato hasta que una mesera con apariencia felina llevó a Félix hasta ellas. El pelirrojo se cubre la cara, muy avergonzado. Gira suelta una risita.

—Bienvenido Félix. No te pongas cómodo, que tenemos mucho trabajo por hacer.

Félix ahogó un grito de terror: de verdad tenía muy mala suerte. ¿Por qué, de todos, tenía que haber sido él quien acompañara a su capitana? ¡Es una pesadilla!

CAPÍTULO X
REGENTES DEL DESIERTO

La arena es densa y apenas pueden avanzar. Rimú se pregunta si de verdad podrán cruzar por esa tormenta. Agradece totalmente al inventor de las gafas de protección contra la arena que les dieron en el campamento, y las túnicas que los protegen. Al mismo tiempo, se sostiene con cuidado del berrendo, pues su velocidad era precaria para evitar que la tormenta se los tragara al acercarse demasiado a ella.

Para poder ingresar al otro lado, necesitan segundos: en determinado momento se crea una brecha en la tormenta, suficiente para que puedan pasar a salvo. Sin embargo, es cuestión de que sean lo más rápidos posible. Por eso el berrendo es esencial para su misión: si fallan, la tormenta los arrastrará, y si bien les va acabarán metros lejos de su ubicación. Pero en el peor de los casos, podrían morir por la cantidad de arena que entraría a sus pulmones, y si lograban sobrevivir a eso morirían de deshidratación si no los encontraran a tiempo en el desierto, después de todo muy traicionero.

—Excelente, más problemático no puede ser —comentó Rimú cuando le plantearon las circunstancias que conllevaba su misión. De verdad espera que logren salir airosos de ésta. Por ahora no puede hacer más que aferrarse a las riendas del berrendo y esperar a que Jake les indique el momento propicio para saltar. Mientras, su cabeza no puede hacer más que pensar en el relato que les contó el hombre que les pidió un favor: rescatar a la presidenta atrapada en las Ruinas a las que se dirigen. Su cabeza repetía el recuerdo del relato una y otra vez, como disco rayado:

Hace un par de meses gobernaba en esta tierra la presidenta Hesha, elegida por el pueblo después de la dura tiranía de un rey en el pasado, quien tenía contactos con los traficantes y los vendedores de esclavos de Slave, pero tras la caída y destrucción de Slave por parte de Heishi Mare, entró en declive y terminó el rey muriendo a manos de su propia codicia, cuando intentaba escapar de la isla cargando en su barco un montón de tesoros que terminaron propiciando su muerte en una tormenta: su embarcación se hundió, no resistió el peso. Ante la caída del rey, Heishi Mare entró para tratar de mantener el orden en la ciudad, la cual se estuvo bajo sus órdenes durante un tiempo, hasta que el pueblo decidió elegir a su primera presidenta: Hesha, y a su vicepresidente Mosis, hermanos gemelos que habían vivido toda su vida como esclavos por culpa de traficantes, pero que en tiempos de crisis ayudaron a la metrópoli y a sus habitantes como pudieron, incluso cuando Heishi Mare prohibió la esclavitud, pues ellos se quedaron viviendo en Bichubé como ciudadanos libres, ganándose el respeto de su pueblo, que los nombró presidenta y vicepresidente. Se volvieron fundamentales para las negociaciones comerciales con Heishi Mare y Luminor. Hesha es una presidenta implacable y fue muy dura en la persecución de los traficantes restantes de la urbe; reformó el antiguo Barrio Rojo para convertirlo en mercado respetable, además de financiar el campamento de exploradores. El archipiélago de Ventus logró mantener cierta estabilidad a pesar de no contar con demasiadas islas habitadas, y la presidenta se iba a casar con Mesha, su enamorada, teniendo a todo el pueblo muy feliz. Sin embargo todo cambió cuando dos meses atrás Tlaxelolteoatl dividió al mundo. La capital, por su ubicación, no sufrió pérdidas físicas, a diferencia de otros archipiélagos que no tuvieron la misma suerte. Pero la tormenta de arena llego a las Ruinas, cobrando la vida de integrantes de las expediciones de ese momento. Desgraciadamente, tanto la presidenta como su enamorada desaparecieron en su visita a las Ruinas el mismo día en que apareció la tormenta de arena. Desde entonces tomó el poder el vicepresidente Mosis. Ha habido varios intentos de cruzar la tormenta de arena para llegar a las Ruinas y salvar a la presidenta y a su enamorada, pues no han perdido la esperanza de encontrarlas vivas, pero la tormenta ha aumentado a nivel de peligro y ha sido imposible acercarse demasiado

—Por otro lado —les explica con un tono muy grave Sasobek, un miembro del consejo de la ciudad— la llegada de Umbra, un extraño representante que dice venir de Heishi Mare, ha provocado que Mosis se aislé de los consejos de los demás e ignoré las peticiones del pueblo. El consejo ha tratado de mantener estable la ciudad, pero hay indicios de que Umbra no es quien dice ser, sino alguien respaldado por un traficante que quiere recobrar sus negocios en la metrópoli, al que no han podido poner alto porque está protegido por Mosis y Umbra.

Sasobek piensa que con el regreso de la presidenta las cosas se pueden volver a calmar y les pide que, si aceptan la propuesta de ayudarle, se asegurará de que la presidenta, como agradecimiento, les entregue las reliquias que necesitan.

Si las cosas fueran tan fáciles nada sería tan problemático —piensa Rimú alejando sus pensamientos de ese recuerdo; lo hizo a tiempo porque Jake ya decía con un tono autoritario y frenético:

—¡Es hora! ¡Salten…!

Y lo más rápido que pueden, tiran de las riendas de los berrendos y saltan con su ayuda por el hueco que se había formado entre la tormenta de arena, justo a tiempo para no ser arrastrados por ella.

Cuando Rimú ve lo que estaba frente a sus ojos ahora, tuvo que pestañear varias veces para asegurarse de que no estaba siendo presa de una ilusión óptica.

Estaban frente a unas hermosas Ruinas cuyas paredes y suelos estaban decoradas por conchas con caracoles y grabados con esa forma. El viento recorría las Ruinas y Rimú juraría que escuchaba los ecos de vidas pasadas de esa urbe.

—Bienvenidos a la antigua ciudad de Lyobaá —dice Meye con una sonrisa misteriosa—. No se preocupen, la tormenta de arena ya no nos molestará.

Rimú mira a su alrededor para comprobar que, en efecto las Ruinas están rodeadas por la tormenta de arena como si fuese un capullo protegiendo su interior. Apenas se puede ver el cielo entre las altas nubes doradas. Aparta la mirada, pues siente pánico al pensar que esa arena pueda caer sobre su cabeza. Los cuatro bajaron de los berrendos, más tranquilos que sus jinetes, que se pusieron a comer las pocas hierbas que estaban por los alrededores.

—Bien, parece que logramos nuestro primer objetivo —dice Jake sonriendo satisfecho, quitándose las gafas para colocarlas sobre su cuello—. Ahora tendremos que dirigirnos a la entrada del templo ¿cierto Meye?

—Es correcto —afirma ella—. Por suerte no es difícil encontrarlo, está en el centro de la ciudad. ¿Están listos o necesitan un respiro?

—¡Yo estoy bien! Me emociona explorar este sitio —dice Azalea mientras Rimú suspira resignado.

—Vamos, si ya estamos aquí no puede ser más problemático.

Meye encabezaba la fila seguida de Jake, quien se encarga de limpiar el camino por si hubiera algún reptil venenoso entre la arena. Por suerte no tuvieron ningún contratiempo.

Rimú pestañea unos instantes al presenciar la entrada del Templo de los Caracoles: un gran portón de roca con adornos de caracolas les bloqueaba el paso; en todos lados había conchas con diferentes formas. En tiempos de apogeo, se adivinaba, tenían distintos colores, pero al paso de los años la arena los había deteriorado.

El viento producía un sonido musical en algunos caracoles, provocando que el templo se sintiera lleno de ecos fantasmales.

—¿Podemos entrar? Empiezo a sentirme problemáticamente aterrado —comenta Rimú mientras se acercan a la puerta.

—Enseguida. Me temo que debemos romper esta puerta. Empujarla no será suficiente ¿verdad? —asegura Jake tocándola, examinándola—. Hey, mi pequeña petirroja explosiva, trajiste lo que te pedí ¿verdad?

Azalea asintió con la cabeza, sacando de una maleta un cartucho de dinamita que había traído del campamento—. Retrocedan, yo me encargo de esa puerta.

—No hay más remedio —suspira Meye con una extraña melancolía— si no lo hacemos así, no podremos pasar, pues es imposible abrir la puerta por lo pesada que es.

Azalea coloca el explosivo en el sitio ideal, cuidando que el viento no apague la mecha; el resto se oculta a una distancia prudente. La joven hace detonar la dinamita y, ante la sorpresa de todos, se dan cuenta de que la puerta casi no sufrió daño.

—Parece que no funcionó —suspira Azalea, pero antes de que termine de hablar notan que el portón se abre de par en par, como si el explosivo hubiese activado un mecanismo para abrirla o simplemente fuese una aterradora llamada para hacerlos entrar.

—No hay que perder la oportunidad, vamos mis vaqueros —dice Jake aventurándose a entrar, seguido de Azalea y un receloso Rimú. La última en entrar es Meye, quien busca con la mirada algo entre la arena, pero se rinde y sigue su camino. La puerta se cierra tras de ellos; sobre ella brillan unas palabras en un idioma antiguo y desconocido:

SOLUM INGREDI POTERUNT
QUI VERUM DICANT

El viento silva con mucho más fuerza y el eco de los caracoles se hace más fuerte.

CAPÍTULO XI
EL FRAUS

Ellos saben que es cuestión de tiempo para que Gira les dé la orden de ingresar al palacio, lo que no esperan es que sea por medio de una joven noctámbula y, mucho menos enterarse que Gira planea atacar la casa de un traficante antes de acometer contra el palacio.

—Esa capitana tiene ideas muy extrañas —suspira Grick—. Pero no podemos hacer nada si ya decidió salvar a ese Frau.

—Después de todo ¿no está en sus venas de pirata conseguir algo que otro tiene por la fuerza? Aunque en este caso es más bien un rescate —ríe levemente Haida.

—Entonces ¿qué hacemos ahora? —pregunta Naira con resignación. De verdad aún no se acostumbra a seguir las órdenes de Gira, pero no había de otra, la capitana se había ganado su respeto, aunque ella nunca lo admitiera en voz alta—. ¿Seguimos con el plan de infiltración a la ciudad pero ahora rodeando la casa del comerciante? ¿No será peligroso si descubren nuestro plan para entrar al palacio?

—Bueno, al respecto pienso que lo mejor será dividirnos en grupos: dos se infiltrarán en la ciudad y otro irá al campamento para apoyar a Rimú y Azalea; tengo el extraño presentimiento de que van a necesitar ayuda —propone Haida pensativo—. Ahora la cuestión será quién va hacia qué lado.

—Bueno, si tu presentimiento es cierto, supongo que yo iré al campamento —dice Naira decidida—. En este momento solo somos dos personas en esta tripulación con conocimientos médicos y me parecerá efectivo si nos dividimos ¿le parece doctor?

—Me parece perfecto. Entonces Haize y la mitad de la tripulación irán al palacio, la otra mitad va con Grick a apoyar a Gira en su campaña para salvar al Fraus. Naira, ve hacia el campamento de los exploradores por si llegan a necesitar ayuda Azalea y Rimú. Yo estaré cerca apoyando a los que vayan a atacar la casa del traficante o el palacio, por si llega a haber heridos.

—Muy bien, entonces hay que movernos ya. ¿Me puede indicar, entonces, el camino a la casa del comerciante, señorita ocelote? —le dice Grick con el mejor tono cortés que puede a la noctámbula felina que les llevó el mensaje.

—¡Por supuesto, yo me encargo de guiarles hacia el lugar! De hecho me encargaron justamente eso. Y no me digas señorita gata, mi nombre es Kasia —replica y mueve sus orejas con entusiasmo.

—Bien, entonces tengan cuidado. Nos vemos.

Los tres grupos se fueron según lo acordado. Quedaron únicamente en el barco unos cuantos hombres, Ortua y Micha para cuidarlo y asegurar el escape en caso de que la situación se ponga muy peligrosa. Grick ordenó que el barco se mantuviera fuera de la vista, pero bloqueando el paso del puerto donde estaba el traficante, por si ese sujeto intentaba escapar por mar cuando lo atacaran.

Cuando Gira y Félix salieron del establecimiento acompañados por un grupo de noctámbulos que les ayudarían a salvar al Frau, El Oasis quedó casi desierto. En ese momento surgió un hombre de detrás del escenario: de cabello largo y oscuro con tonos azules, acomodándose la ropa, observó a su alrededor, divertido. Nadie lo vio más que Shiga, quien se había quedado dentro del local. La dama ave se acercó a él con una sonrisa tranquila.

—¿Estás seguro de que no quieres presentarte ante ellos? Nos vendría muy bien tu ayuda en este momento.

—Me encantaría, pero no soy un guerrero muy diestro, prefiero ver todo desde las sombras y escribir sobre ello —contestó el hombre, sacando una pluma de su bolsillo y haciendo como si escribiera en el aire—. ¿Qué te parece el título *La travesía de la Cuerva Negra* para mi próximo libro?

—Aetos, sin duda tienes un gran apetito por las historias ¿no es así? —replicó Shiga, riendo ante sus palabras—. ¿No sería buena idea que viajaras con la tripulación para que su historia sea más consistente?

—Ya llegará el momento en que compartamos nuestras travesías, querida Shiga, pero no es ahora. Debo arreglar antes algunas cosas en el camino. Además, si siguen las instrucciones que doy en mis libros, encontrarán las reliquias fácilmente.

Y sin decir más, Aetos tomó una de las manos de la noctámbula con delicadeza y se despidió de ella con un beso en la mejilla, para después abandonar el recinto dejando a Shiga pensativa.

—¿Y cuándo llegará ese momento, Aetos? —preguntó al aire y cerró los ojos. Se alistó para irse también. Después de todo, no podía permitir que las cosas salieran mal en esa misión; debía cuidar que ninguno de sus aliados terminara herido.

Ajeno a toda la actividad sospechosa, en el palacio, el regente de ese sitio permanece sentado en la silla, observando nervioso al caballero con una armadura totalmente oscura, cubierto con una máscara con cuernos semejantes a un demonio.

—¿Es verdad lo que dice Umbra, que hay peligros acercándose a nosotros?

—Es así —la voz rasposa del caballero oscuro resuena en el salón—. En cualquier momento nuestros enemigos estarán atacando el palacio, pero yo me encargaré de que no lleguen hasta ti.

—¿Y qué haremos con el traficante? ¿Debemos advertirle del peligro?

—No, dejaremos que lo atrapen. Después de todo ¿no le aconsejé que se aliara con él solamente para que pescáramos unos peces grandes?

—¡Sin duda tu consejo fue muy bueno! No me encanta involucrarme con un tipo como ese, pero si lo que dices es cierto, podremos asegurarnos de que mientras están distraídos con el traficante, nosotros preparemos una emboscada.

—Me encargaré de los preparativos.

Umbra sale del salón. Al cruzar la puerta se topa con dos guardias que flanquean las puertas.

—Asegúrense de que bajo ningún concepto el presidente Mosis abandone la habitación. ¿Quedó claro?

—Entendido, señor.

El regente aparta la vista de la puerta, suspira, se acerca a su escritorio y mira un retrato que está ahí.

—Hesha ¿de verdad estoy haciendo lo correcto? ¿Qué harías tú en mi lugar?

Baja la mirada y toma con las manos su cabeza adolorida.

En una casona oculta de la ciudad que da a un puerto clandestino, se oye la suave melodía de un loro, hasta que se escucha una puerta abriéndose con agresividad y el ave deja de cantar.

—¡Maldita sea! ¿No puedes callarte? ¡Si no fuera porque te venderé en una gran cantidad de dinero te arrancaría ese pico!

Un hombre vestido de forma elegante, pero de aspecto tosco, aventó una botella vacía de cerveza hacia la pared. Estaba de muy mal humor. Era Svend, traficante que heredó la fortuna de su familia, pero ahora estaba en la Ruina.

—¡Estoy harto de estar encerrado en esta maldita casa...! ¿Cuándo podré salir de aquí? ¡Esos incompetentes de Mosis y Umbra me prometieron que podría recorrer las calles a mis anchas como antaño! ¡Pero en cuanto ponga un pie fuera, los agentes secretos de Heishi Mare, distribuidos por la ciudad vendrán a arrestarme! ¿Por qué no se apura ese regente a adelantar las cosas? ¡No puedo confiar en nadie...! ¡Me iré de la ciudad ahora mismo...!

—¿En dónde está ese ese estúpido esclavo? —grita furioso y entra temblando un joven escuálido y pálido, de largo cabello morado recogido en una coleta, con una cadena roja al cuello—. ¡Ahí estás! ¡Prepara todo para escapar! ¡Nos iremos esta noche! ¡Ve y avisa a mis hombres!

—Sí, señor —responde el joven sin rechistar y sale corriendo de la habitación.

En el fondo de la habitación, en la jaula el ave se ha transformado en una guacamaya y permanece en silencio, observando a su alrededor.

—¿Y tú qué me ves? Maldito Frau...

El traficante salió de la habitación y desenvainó el látigo que usaba de cinturón para ir a golpear al único esclavo que tenía en ese momento: ese joven y escuálido vurdalak que mantenía controlado por medio del miedo. Antes tenía una vida llena de lujos y contaba con un séquito de esclavos, pero desde que estaba prohibida la esclavitud, solo cuenta con ese inútil vurdalak y unos cuantos guardaespaldas a los que les paga con lo poco que le queda de dinero. ¡Pero cuando venda a ese Frau se volverá millonario de nuevo! Y podrá deshacerse de todos aquellos que lo han humillado, piensa.

El Frau se quedó completamente solo y se convirtió en otra ave, un cuervo negro con una mirada penetrante.

—Parece que han comenzado a moverse —dice Gira mientras observa a gente saliendo de la casa del traficante. Está echada sobre el techo de uno de los edificios cercanos sosteniendo unos prismáticos—. ¿Qué me dices, Félix? ¿Puedes crear una distracción desde esta distancia? —deja de mirar hacia la casa y voltea a ver a Félix, su compañero que, al ser vigía, no necesita los prismáticos, pues tiene una excelente vista.

—Sí, por lo menos lo suficiente para espantarles un poco para que pueda acercarse, capitana.

—Excelente. Y si tratan de escapar al mar, confío completamente en que nuestra gente del barco los estará esperando.

Félix sonrió ligeramente al ver cómo su capitana no dudaba en absoluto de la capacidad de su tripulación. Gira le dio la espalda, al tiempo que dos miembros más de la tripulación los alcanzaban, uno de ellos con el arma de francotirador de Félix. Gira les indicó a ambos que le siguieran y Félix se quedó en posición para disparar.

Cuando Gira llegó a las cercanías del hogar del traficante, no le sorprendió encontrarse con la mayor parte de los guardias del traficante inconscientes, aparte de su tripulación, y a un grupo de noctámbulos rodeando el lugar. Al parecer el ataque les llegó por sorpresa a los vigilantes.

—Está adentro, tenga cuidado —le dice una de las noctámbulas, señalando hacia la puerta ahora destrozada—. La señora Shiga dijo que usted se encargaría a partir de ahora ¿está segura de que no quiere que entremos con usted?

—Lo estoy —dice Gira con calma—. Tengo un excelente guardián que me ayudará si tengo problemas.

Tras decir eso ingresa a la casa del traficante y la escena que ve al entrar al salón le parece de lo más desagradable.

—¡Esto es tu culpa! —grita Svend, golpeando con su látigo al muchacho de la coleta tirado en el suelo—. ¡No te diste prisa para avisar a los guardias de que nos fuéramos! ¡Porque te tardaste, nos han atacado...! ¡Es tu culpa! ¡No sirves para nada! —Iba a volver a golpearlo, pero su brazo fue detenido por Gira, quien le arrebató rápidamente el látigo y lo aventó al suelo.

—¡Sucia escoria...! Me contaron que eras un cobarde pero ahora veo que eres peor de lo que pensé —la capitana desenfundó la espada que traía en el cinto y amenazó al traficante. El hombre parecía consternado y atemorizado.

—Por favor, déjame ir y no volverán a verme jamás. ¿Qué quieres? ¿Oro? ¿Riquezas? Ya no me queda nada. ¡Oh, sí, quédate si lo deseas con este esclavo asqueroso y el Frau! ¡Ya no me interesan! —replica Svend, pero era mentira: tan solo deseaba que esa extraña se alejara de él para atacarle con una daga, o esperar a que el maldito esclavo hiciera algo para salvarle, pero para su decepción el vurdalak lo único que hizo fue levantarse y mirar directamente a la capitana.

Gira sintió un escalofrío cuando sus miradas se cruzaron. No vio una pizca de miedo o dolor reflejado en sus ojos rojos o su rostro.

—Nuri —se presentó —. Bienvenida Gira, te hemos estado esperando. El Frau está en la próxima habitación. Ayúdale.

Aquello descolocó por un momento a la capitana. ¿Quién era ese chico y por qué conocía su nombre? Pero antes de que pudiera preguntar algo, sucedieron dos cosas: el traficante, al ver que su esclavo no haría nada por salvarlo pegó un grito y salió corriendo con todas sus fuerzas al exterior. Segundos después, Nuri le entregó a la capitana una llave en la mano y corrió también hacia la puerta.

Gira tardó en reaccionar unos segundos y cerrando la mano en la cual recibió la llave, fue directamente hacia la otra habitación, donde encontró un enorme cuervo negro que la miraba directamente. Y la voz que la llamaba se hizo mucho más clara:

—Ya estoy aquí —dijo avanzando hacia la jaula. El Frau espero pacientemente.

—¡Suéltenme ahora mismo! —se quejaba el traficante, furioso con sus captores. Al salir corriendo de su hogar se encontró con los noctámbulos y la tripulación liderada por Grick, quien le miraba divertido.

—Vaya, vaya, vaya, pero si es Svend… Pensé que habías muerto hace tiempo.

—¿Ojo Negro? ¡Maldito bastardo! ¡Entonces ustedes son los Cuervos Negros!

—Oh, ¿nos conoces? Qué halago… —Grick hizo una mueca de fingida sorpresa.

—¡Claro que sí…! ¡Ustedes, bastardos, siempre atacaban los barcos de mi padre y robaban sus riquezas! ¡Liberaron esclavos y destruyeron nuestros negocios!

—Parece que es así, pero oficialmente acabamos de terminar nuestro trabajo —dijo Shiga, quien llegó guiada por Kasia—. Ya no permitiré que hagas lo que quieras.

Svend se descolocó por completo cuando vio a la dama ave. Empezó a asustarse en serio—. ¡Maldito esclavo…! ¿Dónde estás cuando te necesito?

Justo cuando dijo esas palabras, salió de la casa Nuri, recibiendo las miradas de todos. A Grick no le pasó por alto el collar rojo que traía puesto. Los noctámbulos, con excepción de Shiga, se pusieron en guardia.

—¡Eso es…! ¡Maldito esclavo vurdalak, libera tu poder y acaba con mis enemigos!

Ante la sorpresa de todos, el collar rojo que traía puesto el vurdalak se rompió completamente. Su cuerpo empezó a brillar ligeramente en un tono verdoso, haciendo retroceder a quienes estaban a su alrededor. Algunos tripulantes prepararon sus armas para disparar.

—¡Esperen, no le ataquen…! —dijo repentinamente una voz. Vieron a Gira saliendo de la casa con un loro en el hombro el cual, asumieron luego, era el Frau—. ¡Es un aliado! El Frau me contó, entre otras cosas, que le ha estado cuidado todo este tiempo.

Las palabras de la capitana calmaron a sus seguidores, pero los noctámbulos aún permanecían en guardia. Shiga, en cambio se mantenía serena.

—Es cierto, Nuri es una buena persona. Es él quien me ha pasado la información acerca de la ubicación del Frau —aquello confundió a sus aliados—. La única forma de liberarlo de sus ataduras era que lo hiciera su propio amo, pues el collar rojo que traía puesto impedía que usara sus poderes para escapar por sí mismo.

El traficante se había quedado completamente helado a esas alturas y no decía nada. Los demás se relajaron. Nuri, simplemente dejó de brillar y salió corriendo; en el camino, la toga desaliñada que traía puesta cayó. Nadie le siguió. Se quedaron pasmados viendo la espalda del vurdalak: donde normalmente habría unas majestuosas alas rojas, ahora solo quedaban cicatrices que mostraban que habían sido arrancadas brutalmente hacía tiempo.

Gira gruñó molesta, pateó sin piedad al traficante que ya había perdido toda esperanza de huir, mientras el Frau se alejaba de su hombro y se elevaba, volando, hacia el palacio.

Entonces, escucharon el grito desgarrador que alertó tanto a Gira como a Grick.

—¡Félix...!

CAPÍTULO XII
VERUM DICANT

Silencio. Ni siquiera el viento que se filtra en el templo provoca sonido alguno. Es escalofriante. Rimú sintió un ambiente pesado desde el momento en que entraron. Seguramente sus compañeros también y por eso no hablan.

Han entrado a un recinto con paredes tapizadas de caracoles y un pasillo estrecho que conduce a una tarima en el centro, donde está sentado un ser que Rimú primero confunde con un noctámbulo, pero tras pestañear se percata de que se trata de un hombre con una máscara de coyote. A su lado hay un libro y tras su asiento, una hoz. Nota que detrás se encuentra la puerta que deben cruzar. Es evidente que no podrán hacerlo hasta que hablen con ése ser.

—Buenos días —dice de repente Jake sin perder la calma en ningún momento. —. ¿Es usted acaso el señor de este recinto? Supongo que no nos dejará pasar ¿cierto? Hemos sido descorteces al tratar de romper la puerta y no tocar para que nos abrieran.

El individuo no hace caso a sus palabras y toma el libro que hay a su izquierda, lo abre y empieza a leer. Jake piensa que no lo ha escuchado y repite las palabras, incluso Azalea grita para que les haga caso pero el hombre no deja de leer.

—¿Sabes de quién se trata? —pregunta Rimú a Meye después de que se resignan a no ser escuchados. Se sientan a los costados, recargados en la pared, discutiendo cómo deben proceder—. Tengo una sensación problemática que no me gusta.

—Según los rumores existe un guardián que se encarga de proteger el templo, debe tratarse de él —Meye parece pensativa y algo nerviosa—. Nunca se le había visto en persona... hasta ahora. Después de todo, pocos exploradores han logrado llegar al templo y quienes pudieron hacerlo, no volvieron vivos.

—Entiendo, ese coyote guardián debe ser duro de roer —dice Jake nada asustado—. Seguramente nos someterá a una prueba o algo así.

—Eso de no volver vivos suena problemático —Rimú puso su mano tras su cabeza, pues sentía que le dolía, pero no precisamente por miedo sino porque tenía una extraña sensación.

—¡Pero hasta ahora no se había topado con nosotros...! —dice Azalea, animada—. Estoy segura de que podremos superar la prueba que nos ponga enfrente.

El grupo se animó un poco con sus palabras. Se aproximaron hacia el guardián que, en cuanto dieron el primer paso se levantó del trono y sin alzar la vista del libro dijo, en un idioma que no pudieron entender, con una voz que les congeló la sangre: "*Solum ingredi poterunt qui verum dicant*".

—¿Qué fue lo que dijo? ¿Alguien entendió? —pregunta Azalea confundida.

—No lo sé, nunca había escuchado ese idioma antes —por alguna razón, Jake parecía estar asustado por primera vez—. Pero esa voz me hace querer abandonar la misión ahora mismo

—entonces sonrió divertido—. Por suerte tenemos una carta bajo la manga ¿verdad Meye?

Tanto Rimú como Azalea se giran a ver a Meye, cuya expresión es sombría y solitaria, como si supiera lo que provocará la revelación de sus palabras. Al sentirse observada, dice con una voz suave y dulce, distinta a la del guardián:

—Solo podrá pasar quien diga la verdad —dice con tristeza y cierra los ojos—. Es evidente que tenemos que decir la verdad absoluta para poder pasar. Lo entiendo porque la antigua sacerdotisa del templo me enseñó algunas cosas antes de desaparecer.

—¿Solo se trata de eso? —Pregunta Azalea un poco más relajada pero incómoda, junto con sus compañeros, cuyas emociones parecían estar a debate—. Yo seré la primera entonces.

Y antes de que cualquiera de sus compañeros pueda detenerle avanza, hacia el guardián, el cual sosteniendo tanto el libro como la hoz formula una pregunta, esta vez en un lenguaje conocido:

—¿Odias a tus padres?

La pregunta descolocó un poco a Azalea, pero se relajó en unos cuantos instantes.

—No. Mi padre solo es presa de su propia debilidad y mi madre de su codicia. Me abandonaron a mi suerte, sí, pero estaba al lado de mi hermano y pude volverme una mejor persona cuando fui adoptada por el señor Trowan y encontré mi vocación como navegante.

Se hizo un silencio y el guardián le indicó con la cabeza que podía continuar, Azalea no miró atrás y pasó por detrás del trono para aproximarse a la puerta, pero no la cruzó, se giró para esperar a sus compañeros; con una sonrisa de absoluta confianza en ellos.

—¿Te parece pasar primero Rimú? —pregunta Jake a Rimú, a quien se le pasó por alto que el vaquero lucía nervioso, pese a que trataba de ocultarlo con su sonrisa—. No hagas esperar a tu amiga; Meye y yo nos quedaremos cuidando la retaguardia.

El escalofrío que lo atormentaba desde hacía rato se intensificó aún más. Aun así no quería perder más tiempo, por lo que aceptó la propuesta. Rimú suspiró y se acercó al guardián esperando la prueba. Igual que antes, el guardián preguntó:

—¿Aún piensas que debiste morir ese día?

La pregunta tomó por sorpresa a los presentes, en cambio Rimú, también para asombro de todos estaba muy tranquilo. Repentinamente comenzó a reír ligeramente.

—Tal vez si me hubieran preguntado eso hace unos años respondería que sí, pero ahora mismo he dejado de pensarlo, porque estoy disfrutando de los momentos que tengo y a las personas que quiero proteger. Soy un chico problemático, después de todo, y con perdón de mis padres, no puedo reunirme con ellos antes de tiempo o seguramente me regresarán a patadas; o Gira irá a perseguirme al otro mundo, lo cual es problemático.

Tras esas palabras el guardián le dejó pasar. Rimú alcanzó a Azalea, quien lo recibió con un emotivo abrazo; él le acaricia la cabeza, agradecido, mientras mira hacia donde está Jake. Entonces su tranquilidad desapareció: Jake sonreía, pero la suya no era una sonrisa sincera.

—Bueno, es mi turno —dijo el vaquero y sin más dilación se colocó frente al guardián. Azalea dejó de abrazar a Rimú y observó expectante.

—¿Dónde está tu hermano? —dijo el guardián con el mismo tono de voz, pero la pregunta hizo que Azalea se aferrara al brazo de Rimú, quien comenzó a hacer conjeturas esperando equivocarse.

—Está en Luminor, seguramente trabajando allí como cartero mientras regresa a casa —respondió Jake, cuya mirada delataba lo falso de sus palabras, por lo que a nadie sorprendió que el guardián dijera:

—Mientes. La verdad es absoluta y quien diga una mentira en este recinto sagrado debe ser castigado con la muerte.

La hoz empezó a tambalearse al lado del guardián, pero no se movió más, todavía.

—Oh, parece que me descubrieron, ¿eh? —Jake se acomodó el sombrero y rio levemente—. Diré la verdad, aunque parece que decirla no me salvará de mi juicio ¿cierto? —saca una licorera de su bolsillo y comienza a beber—. Siempre soñé con venir a tierras como ésta y ser un vaquero, pero parece que siempre fui un rufián mentiroso y traicionero.

Azalea había empezado a llorar al lado de Rimú, quien no se movía. Al otro lado, Meye estaba tan quieta que parecía una estatua.

—Mi querida petirroja explosiva, serás tú la que sea testigo de la verdad acerca de mi hermano y se la contarás a los de Dai cuando regreses.

La pelirroja no dejaba de mirar a Jake con una profunda tristeza, tratando de contener las lágrimas, inútilmente.

—Mi hermano Juno está muerto y yo dejé que muriera.

Tal revelación fue demasiado para Azalea, que se dejó caer al suelo ahogando un grito mientras Rimú se arrodillaba junto a ella para tratar de calmarla.

—Me estás dejando despedirme, ¿eh? —preguntó Jake mirando al guardián que, pese a que había dicho que lo castigaría con la muerte, aún no se movía del todo—. Está bien, me iré al otro mundo con la certeza de que revelé la traición que cometí con la única persona que me importaba: mi hermano Juno. Seré breve: ambos partimos en un barco con distintas misiones: Juno iría a Luminor a entregar una carta y yo vendría aquí. Todo parecía marchar viento en popa, pero ambos fuimos emboscados por unos tipos que pretendían interceptar la carta de Juno. Mi hermano se negó a entregarla y yo traté de defenderlo, pero no tenía suficiente fuerza contra esos dos vurdalak —cerró los ojos—. Entonces tomé una decisión que consideré correcta en ese momento: les entregue la carta pensando que eso salvaría nuestras vidas —se quitó el sombrero. Su expresión reflejaba un profundo dolor—. Pero Juno no lo tomó a bien y lo último que escuché de su boca fue: "¡Estúpido idiota, debemos entregar las cartas hasta el final!" y uno de ellos lo atravesó con su espada sin piedad y lo tiró al mar. Y cuando pensaba que moriría también, los dos sujetos se rieron de mí y me dejaron a la deriva en una lancha de remos. Fui recogido por unos mercaderes que casualmente me trajeron hasta aquí.

—¡Pero tú no lo mataste! ¡Fueron esas sabandijas...! —gritó Azalea tras recuperar la razón—. ¡No es tu culpa...!

—Lo es —replicó Jake—. Traicioné a mi hermano al entregar la carta al enemigo. Pero realmente no fue así —ante la sorpresa de los demás, Jake sacó de su bolsillo una carta doblada—. Desde el principio le entregué al enemigo una carta falsa; ellos se lo creyeron. Para mi pesar, Juno también lo creyó y antes de que pudiera explicarle, se abalanzó contra el enemigo y lógicamente lo mataron. Su obsesión por su trabajo como cartero era tan fuerte como la mía por los vaqueros —Jake avanza un poco más hacia el guardián esperando su castigo, lo cual alerta a los otros—. ¿Y saben que es lo peor? Que al llegar a este sitio sentí un profundo alivio por estar vivo y haber cumplido mi sueño, pero el peso de mis pecados me hacía querer ser tragado por la tormenta de arena y desparecer de la faz de la tierra. Y ha llegado el momento.

—¡Espera Jake! —grita desesperada Azalea.

—No es necesario que me detengas —Jake sonrió con tristeza—. Mi deber como hermano mayor era proteger a Juno y no cumplí con mi trabajo, además de que mentí sobre su muerte porque tenía miedo a ser juzgado. Pero cuando te vi entrar en la tienda, Azalea, solo vi a un verdugo que me castigaría por mis pecados.

Ignorando los gritos frente a él, el vaquero avanzó hacia el hombre con máscara de coyote.

—¿Tus últimas palabras? —preguntó con una fría voz que helaba la sangre de quienes la escuchaban.

—Te pido perdón, Juno, por ser tan mal hermano mayor.

Ante la muerte, por fin veía la verdadera identidad de la persona que tenía delante. El resto de los presentes ahogó un grito cuando el hombre se quitó la máscara de coyote y reveló a un personaje muy similar a Jake, pero con una mirada más serena. Su rostro estaba empapado en lágrimas. Rimú notó que Azalea temblaba a su lado, pero era imposible que ambos se movieran, un velo parecía haberlos paralizado, eran meros espectadores de lo que sus ojos contemplaban, sin poder hacer nada.

—¡Idiota…! —Juno no dejaba de llorar mientras veía a su hermano.

Jake desvió la mirada por primera vez y vio a sus compañeros. Una sonrisa se dibujó en su rostro, pero eso no logró calmar a sus asustados amigos. Y sus acciones fueron aún más confusas, pues sacó de su bolsillo otro sobre.

—Esta carta es para Shinta. Por la otra, los carteros de Dai estamos dispuestos a morir. Entrégalas sin falta.

Lanzó ambos sobres y cayeron en las manos de Azalea quien, incluso después de eso, no apartaba la mirada de los hermanos.

Y antes de que Rimú pudiera reaccionar, Jake abrazó a su hermano, que seguía llorando. Sucedió tan deprisa como lo hace la llegada de una ráfaga de viento. La hoz cortó a Jake por la mitad desintegrándolo en el acto y en los brazos de su hermano. En el instante en que desapareció, Juno también lo hizo.

Un grito de dolor recorrió toda la sala.

—¡No es justo…! —gritó Azalea sin poder contener más sus lágrimas. Rimú guardó silencio y Meye se quedó mirando el punto donde ambos hermanos desaparecieron, sintiendo un gran remordimiento que no quería compartir con nadie. Apartó la mirada y se dirigió a sus compañeros.

—Tenemos que continuar. Él habría deseado eso ¿no es así?

Azalea se recupera poco a poco y asiente con la cabeza.

—Tienes razón, Jake y Juno dirían: "La misión no termina hasta entregar la última carta". Es nuestro deber hasta el final: entregar las cartas —continuó caminando, mirando al frente.

Meye sonrió ligeramente y la siguió. Rimú no avanzó, sintiendo un gran peso en su pecho, preguntándose si sería capaz de dormir bien de nuevo después de no haber hecho nada para salvar al amigo de Shinta, pero entonces la carta que la había entregado Jake se le resbaló ligeramente de las manos; entiende las palabras de Azalea respecto a que no va a terminar su misión hasta encontrar a Shinta y entregarle la misiva. Guarda ambos escritos en su mochila, como si fueran de porcelana. Avanza detrás de sus compañeras, esperando no encontrarse con otras pruebas dolorosas más adelante.

CAPÍTULO XIII
LA PROFECÍA

El peso de haber perdido a su compañero aún atormenta sus corazones, pero continúan avanzando por un largo pasillo tapizado de caracoles, algunos de los cuales sobresalen de las paredes como antorchas y producen sonidos con el viento que trata de empujarlos al abismo que, de vez en cuando aparece a la izquierda o derecha de su camino, por lo que tratan de no caer, caminando en el centro, lo mejor que pueden, amarrados unos a otros con una de las cuerdas que traían en las mochilas por recomendación de Jake. ¡Quién hubiese pensado que aún muerto el vaquero les ayudaba...! Después de un rato, tal vez horas o minutos, era difícil calcular el tiempo en ese lugar, más por la ausencia de ventanas —lo cual le hacía preguntarse a Rimú por dónde entraba todo ese viento—; por fin llegaron ante un portón enorme de piedra cuya inscripción rezaba las mismas palabras que habían escuchado ya antes: *Solum ingredi poterunt qui verum dicant.*

—¿Acaso tendremos que decir ahora otra vez la verdad para entrar? —protestó Azalea un poco molesta—. Estas pruebas son muy molestas. ¿A quién se le ocurrió semejante barbaridad?

—No se preocupen, ustedes ya han dicho la verdad, así que no tienen que someterse de nuevo a la prueba —explica Meye detrás de ellos, con una sonrisa tranquila. Rimú entendió a qué se refería.

—¿Hablas de lo problemáticamente conveniente que fue para ti que el guardián desapareciera después de ejecutar a Jake? —cuestiona con calma y cierta desconfianza—. Fuiste la única en esa habitación que no reveló nada, así que ¿no crees que es momento que nos reveles quién eres en verdad? ¿Por qué eres la única que sabe sobre esa lengua que parece antigua? Jake parecía saber algo sobre ello, pero me imagino que tuvo sus motivos para no contarlo en su momento. ¿Es acaso tan problemático lo que ocultas que incluso Jake no lo reveló, incluso al borde de la muerte?

Meye les dio la espada a ambos antes de responder y toco la inscripción de la puerta, la cual comenzó a brillar. Entonces dijo con una voz suave:

—Mi nombre es Mesha, la protectora y sacerdotisa del Templo de los Caracoles, encargada de mantener al Dragón del Viento dormido —sus palabras confundieron completamente a sus compañeros, pero no la interrumpieron—. ¡He venido a salvar a mi amada Hesha, que duerme en las profundidades de este templo por mi culpa!

La inscripción dejó de brillar y cuando se dieron cuenta, ahora la que brillaba era ella. A Rimú en ese momento le dio un escalofrío al tener la sensación de conocer ese brillo de antes, pero era imposible. "¿Verdad?", se dijo. Sin embargo antes de que pudiera preguntar algo, la puerta que les impedía el paso se abrió de par en par y fueron empujados hacia el interior del recinto por el mismo viento.

Dentro el viento había desaparecido. La habitación en la que se encontraban era, sin duda, diferente al resto del templo, pues aunque los caracoles en las paredes y suelo seguían presentes, no eran para nada llamativos a comparación de lo que estaba en el centro del recinto.

Rimú pestañeó varias veces para tratar de entender lo que sus ojos veían. Solamente una parte de la habitación tenía suelo, o por lo menos lo que pudiera llamarse un suelo estable; el resto daba a una poza que no parecía tener fondo. Pero lo asombroso del asunto era que, si uno se acercaba un poco, notaba que sí había un suelo, pero de cristal, sumamente transparente y, al mismo tiempo de consistencia gelatinosa. A Rimú se le pusieron los pelos de punta cuando lo tocó: era como si acabara de tocar la piel de un caracol.

Aun así, eso no era lo más extraño de todo, sino un trono con forma de caracola que parecía flotar en medio del vacío, rodeado por un cristal rectangular al que ni Rimú ni Azalea pudieron encontrarle entrada alguna. No se atrevían a recorrer el sendero de "cristal" para acercarse por temor a que pudiera romperse; aun así debían hacerlo, pues su objetivo estaba sentado en el trono. Ahí estaba la presidenta Hesha, una mujer morena con un largo cabello negro con tonos blancos que no podían apreciarse del todo al estar de frente y dormida.

—¿Eso que viste es la reliquia? —preguntó Azalea sin apartar la mirada de la mujer. En efecto, ella estaba vestida con lo que parecía ser una armadura de color blanco con tonos azules, de una tela que recordaba al algodón pero por la distancia no podían estar tan seguros. El caso es que parecía ser muy resistente y mantener protegida a la presidenta dormida.

—Es correcto —dijo Mesha y ambos dieron un brinco al recordar que estaba con ellos—. Es la armadura Ichicahuipilli que, junto al Tlauitzli que se encuentra en el palacio de los caracoles, formaban parte de la vestimenta de batalla de la legendaria Navia, la capitana del barco volador que enfrentó a los dragones hace muchísimo tiempo, o eso dicen las leyendas que pocos recuerdan —comentó ella, sonriendo y caminando con calma sobre el piso transparente—. No es la última vez que verán ese tipo de armaduras; escuché que culturas ancestrales como la de los Caminantes de la Olas y otras usan variaciones de esta armadura, pero ésta fue fabricada con materiales que ya no existen en el planeta después del Gran Cataclismo, aunque seguramente los viejos de Luminor tengan algunos —no le dio importancia a las caras cada vez más confundidas de sus compañeros—. Además de sus propiedades mágicas de curar heridas —bajó entonces la mirada por primera vez y dejó de ver a la mujer para girarse hacia ellos—. Bueno, creo que les debo algunas respuestas, así que se las daré ahora mismo, pues no tengo mucho tiempo. "Disparen", como diría nuestro vaquero favorito.

Rimú tomó la palabra.

—Bueno, pudo hacer conjeturas sobre lo que está sucediendo aquí. Aunque decirlas suena problemático. Si tu nombre es Mesha, eres la mujer con la que se iba a casar la presidenta Hesha ¿no es cierto? Iba a ser una ceremonia muy vistosa y feliz según comentó Sasobek, pero parece que todo se fue al traste cuando se dividió el mundo. Según el consejero, ambas estaban atrapadas en este templo y había que rescatarlas, pero parece que desde el principio la única que quedó atrapada fue

Hesha. ¿Cómo es que acabaste fuera de este problemático templo? Y más importante ¿cuál es tu verdadera historia? Y en primer lugar ¿por qué acabaron en el templo?

Azalea mantenía la vista en ambos pero no se atrevía a intervenir. Mesha parecía un poco triste pero aun así contestó:

—En efecto, he de decir que me costó mucho trabajo que Sasobek no me descubriera —dijo guiñando un ojo ligeramente—. Por suerte para mí, estos últimos días ha estado fallándole el oído y la vista, seguramente porque los jugos que le he estado dando le afectaron un poco, pero solo era para que no se diese cuenta que era yo. A estas alturas ya debió haberse dado cuenta —no le da demasiada importancia—. Del resto no me preocupaba. Después de todo solamente conocían mi verdadera identidad Hesha y Mosis, ya que me presentaría con esta apariencia al resto del reino el día de la boda, pero todo se complicó con lo del Muro —suspiró—. Y como Mosis está encerrado en su propio palacio, supe que los únicos que podrían ayudarme a salvar a mi querida Hesha eran los del campamento de exploradores. Sin embargo, pese a mis poderes ni yo misma podría enfrentarme sola al remolino y mucho menos cuando fui expulsada del templo antes de que pudiera hacer algo —cerró los ojos—. Mi historia de origen es muy larga para contar, solo diré que desde que nací he protegido este templo y no tengo la edad que aparento—rio ligeramente—. Mi misión ha sido permanecer en el templo y no interactuar con el exterior. Vi vivir y morir a la ciudad original y no pude hacer nada, pues era parte de un ciclo.

Rimú síntió un escalofrío. ¿Entonces decía que estuvo ahí en los tiempos de esplendor de la ciudad Lyobaá?

—Aunque bajé la guardia un momento y el dragón de viento casi despertó, pude detenerlo a tiempo.

—Sin embargo causó tal tormenta de arena que los ciudadanos tuvieron que escapar para sobrevivir y se fundó otra ciudad en las orillas de la isla —intervino Meye, como disculpándose.

—En fin, después de ese desastre me prometí no intervenir en los asuntos del exterior y mantuve sellado el templo, tratando de evitar que los cazafortunas y ladrones de tumbas trataran de saquearlo, pero salvo eso no había problema alguno. De vez en cuando salía del templo con diferentes apariencias para ver cómo iba la ciudad y, pese a que algunas cosas que vi no me agradaron, no podía hacer absolutamente nada para evitarlo. No era mi trabajo, pero entonces la conocí y todo mi mundo cambió —agregó Mesha.

Por primera vez sonrió con sinceridad. La suya era una sonrisa que Rimú no dejaba de pensar que ya conocía de algún lado.

—En fin, para no hacer demasiado larga la historia porque tenemos prisa, conocí a Mosis y Hesha hace un año más o menos. Me llamaba la atención el nuevo gobierno que había llegado al pueblo después del conflicto anterior y me gustó mucho la visión que proyectaban para la ciudad. Mi plan era simplemente conocerles de cerca y después de eso volver a mi templo, pero al contactar con ellos acabamos haciéndonos grandes amigos y, por primera vez en toda mi existencia, me enamoré, de Hesha precisamente. Solo podía pensar en ella —lágrimas empezaron a caer sobre su rostro—. Me confesé y ella aceptó mis sentimientos. Estábamos tan unidas y felices… No me pienso arrepentir jamás de la decisión que tomé —se limpia las lágrimas—. Pero cometí un error y puse en riesgo a Hesha por eso. Abandoné mis responsabilidades como protectora del templo y aunque en otro tiempo no habría importado tanto, la aparición del Muro que dividió al mundo provocó que las cosas se salieran de control en el templo. Cuando me di cuenta era demasiado tarde. Traté de evitar que el dragón despertara, viniendo aquí antes de que la tormenta de arena se activara, pero no vine sola, Hesha quería ayudarme y puso su vida en peligro con tal de que yo no saliera lastimada. Fue entonces cuando la tormenta de arena que protege este lugar se activó. Abrí un sello para que el dragón no despertara, pero en la confusión del viento y la tormenta, en vez de ser yo el sacrificio durmiente, el templo tomó a Hesha y antes de que pudiera hacer algo, el viento del templo me expulsó. Ante mis ojos solo estaba la enorme tormenta de arena que incluso a mí me superaba—cerró los ojos—. Si hubiese sido más responsable tal vez habría logrado controlar la situación.

—No fue tu culpa —dijo entonces Azalea ante la sorpresa de la morena—. Ese maldito Muro apareció de la nada y creó caos en todo el mundo. ¡Y nos separó de nuestros seres queridos! ¡Jamás te arrepientas de tus decisiones! Estoy segura de que Hesha no querría que te quedaras sola, encerrada en un templo.

—Gracias por tus palabras, Azalea —sonrió ella y Rimú volvió a sentir un escalofrío, pero fue incapaz de comentar algo—. Ha llegado el momento de tomar el lugar que me corresponde y que Hesha regrese a la tierra que la necesita. Estará bien. Esta no será nuestra despedida; volveremos a vernos.

Tras decir esas palabras, les dio la espalda y cruzó el puente transparente con calma. Al llegar al centro tocó la pared de cristal que rodeaba al trono de caracol. Mirando a su amada durmiente, recuerda sus encuentros, sus besos y caricias cuando su única preocupación era amarse.

Mesha no tiene dudas, está dispuesta a hacerlo para salvarla, ya que terminó de esta forma por su culpa, por haber descuidado sus responsabilidades como guardiana.

—¿De verdad no existe otra manera?

La voz detrás de ella interrumpe sus pensamientos, sonríe y les dice a la joven pelirroja y al chico problemático:

—Es la mejor manera de protegerla y rescatarla de esta prisión, pues ella no debía estar en esta situación sino yo —deja de tocar el cristal y los mira atentamente—. Les agradezco completamente todo el apoyo que me han dado, aun cuando simplemente los estaba utilizando para lograr llegar aquí. De verdad, gracias. Y lo lamento.

—¡Nosotros también te utilizamos para tratar de obtener la reliquia! ¡No importa! ¡Ustedes dos se aman! ¿No es cierto? ¿Por qué no puedes sacarla de ahí sin tener que sacrificarte? —rugió Azalea mientras Rimú asentía con la cabeza, dejando a la pelirroja expresar lo que él mismo estaba pensando.

Mesha sonrió nuevamente y otra vez a Rimú le dio un escalofrío. ¿Por qué le pasaba eso cada vez que ella sonreía? ¿Por qué tenía la sensación de ya haber visto esa sonrisa en otra parte?

—No se preocupen, ella entenderá y hará lo posible por proteger a su pueblo. Después de todo es la presidenta y debe velar por la seguridad de los suyos de ahora en adelante.

—Pero ¿qué pasará contigo? ¿De verdad estarás bien al quedarte en este problemático sitio? —preguntó Rimú sumamente preocupado.

—Me quedaré aquí congelada, simplemente velaré el sueño del dragón y evitaré que despierte. Si lo hace, una mayor tragedia asolará este mundo —tras decir esas palabras dejó de mirarlos y se giró de nuevo hacia el cristal que la separaba del trono en el que dormía la presidenta—. Deben darse prisa. En cuanto la saque de su sueño e intercambie lugar con ella, podrán adquirir la armadura que viste; esa es la reliquia. Si la complementan con la que está en el palacio, tendrán la vestidura legendaria.

Azalea y Rimú se miran confundidos. Ahora les queda claro que Mesha sabía más cosas sobre su misión que ellos mismos. Pero antes de que pudieran hacer alguna pregunta, Mesha se les adelantó: susurró unas palabras en un idioma desconocido, con una suave voz; su cuerpo empezó a brillar y, después, tocó la prisión de cristal.

La sensación de *déjà vu* llegó como si se estrellara contra él: Rimú pensó que era imposible, que no podía ser ella, pero la única persona a la que había visto brillar de esa forma era Leiya. ¿Qué estaba pasando? Su confusión aumentó más cuando vio que los cabellos oscuros de Mesha se tornaban azul claro y el grito de sorpresa de Azalea opacó su propia voz.

Antes de que se dieran cuenta, Mesha ya había atravesado el cristal y abrazaba a Hesha. Besó sus labios una última vez antes de empujarla fuera del cristal. Rimú reaccionó a tiempo para atraparla en sus brazos, pero sin dejar de mirar a Mesha al otro lado del cristal.

—Les encargo que cuiden mi más preciado tesoro. ¿Sí? Y debo decirles algo más pero no tengo tanto tiempo, así que escuchen con atención—. Tomó asiento en el trono y comenzó a cantar con una voz suave pero potente, una voz que le recordó a Rimú y Azalea a Leiya:

> *Las aguas se tiñeron de sangre:*
> *ella se aferró a la vida.*
> *Desde tiempos lejanos*
> *duerme y no despierta.*
> *Su madre le grita que corra.*
> *Ella se pierde entre las olas.*

Fue cerrando los ojos poco a poco, quedándose dormida, pero aun así continuó cantando:

> *Ella despertará*
> *y enfrentará al brillo de luna...*

Su voz se fue apagando, pero dijo fuerte, antes de dormirse:

> *Aquellos dos que anhelas, están en la ciudad que*
> *brilla, pero ten cuidado porque tal vez no sea un*
> *encuentro tan agradable como imaginas.*

Entonces el techo empezó a derrumbarse, al mismo tiempo que una fuerte oleada de viento, salida repentinamente de los caracoles de las paredes y el vacío, arrastró a Rimú, Azalea y a Hesha fuera del templo. Entre el viento, Rimú pudo ver por unos instantes al ave más grande del mundo dormida, pero todo pasó tan rápido que le perdió de vista en un instante.

La suavidad de la arena lo despertó. Al levantarse notó que estaban en las orillas del campamento. Incluso los berrendos habían sido arrastrados con el viento y se reponían a su lado. En sus brazos estaba Hesha aún dormida. A su lado, Azalea también se levantaba, confundida. Dejó con cuidado a la reina en el suelo y buscó con la mirada, pero lo único que vio fue la gran tormenta de arena. El templo estaba sellado y no volvería a abrirse hasta que llegase el momento indicado.

—¿Están bien? ¿Qué fue lo que pasó? ¡Por las diosas, presidenta…! —la voz del viejo consejero interrumpió los pensamientos de Azalea, quien notó que él se arrodillaba para atender a Hesha mientras llamaba a gritos al resto del grupo para que se acercara.

—¿Qué está pasando? —preguntó Azalea acercándose a él—. Todo lo que pasó dentro de ese templo fue como un remolino —su rostro se llenó de tristeza—. Un remolino que se llevó dos vidas. Recuperamos la reliquia, pero ¿a qué costo? ¡No es justo…! Y no entiendo por qué ella se parecía a Leiya ¡Todo es un maldito remolino…!

Rimú acarició la cabeza de Azalea, que estaba al borde de las lágrimas.

—Sin duda el viento nos jugó una mala pasada, fuimos arrastrados por un tornado de emociones y fue lo más problemático que he pasado, pero debemos ser fuertes ¿no es así? Tenemos una misión más, ahora: entregar la carta de Jake a Shinta, y la otra en Luminor ¿no es verdad? Si Jake confía en que Shinta está vivo, debemos encontrarlo y darle esa carta.

El rostro de Azalea se llenó de esperanza.

—¡Tienes razón! ¡Hay que darnos prisa!

—Tranquila, primero debemos terminar nuestra misión. Proteger a la presidenta y llevarla a salvo al palacio. Espero que no sea tan problemático.

Bufó cansado y ambos se internaron en el campamento, adonde llevaron a Hesha. Sólo restaba que despertara. Rimú esperó a que sus compañeros no estuvieran, teniendo tantos problemas como ellos en esa misión, pero sus presentimientos crecieron cuando vio acercase a Naira sumamente preocupada. Entendió que la batalla aún no había terminado.

Hesha está segura de que la calidez qué sintió en su rostro no era un sueño, pero tenía la sensación de haber dormido mucho tiempo. La carcomía una tristeza infinita, un dolor que le decía que era mejor quedarse dormida y no volver a despertar jamás, pero al mismo tiempo veía el rostro de Mesha extendiendo su mano, ayudándola, dándole fuerzas para levantarse.

"No es hora de dormir, tienes mucho trabajo que hacer". "Pero no quiero hacerlo, sólo quiero seguir durmiendo". "¡La mujer de la que me enamoré no es esa clase de persona! ¡No te quedes dormida cuando tu pueblo corre peligro!" Un reproche... Incluso siendo regañada, estaba feliz de escuchar su voz. "¡Despierta...!"

Lo primero que notó fue el techo de una tienda. Sintió una nostalgia que no pudo explicar. Escuchó tres voces de júbilo. Se giró levemente para encontrarse con un chico con un parche en un ojo, una joven pelirroja y una mujer de pelo morado que parecía ser una sanadora, personas a las que no conoce. Antes de que pueda decir algo, una tercera persona se aproxima. Y le reconoce. Se trata de su viejo consejero Sasobek.

—Antes que nada, por favor denme agua y comida. Después expliquen todo, por muy elaborado que sea.

Ojalá hubiera seguido durmiendo, pero la vocecita de la mujer que amaba le decía que siguiera avanzando, que nunca se rindiera por muy difícil que fuera el camino.

CAPÍTULO XIV
LA CALAVERA ROJA

La escena frente a sus ojos es como una película de los fracasos que ha tenido en su vida: el momento en que su padre fue atravesado por la espada de su enemigo, o cuando Rimú saltó frente a ella para protegerla y, a causa de ello se quedó sin un ojo. Esas imágenes se repiten en la cabeza de Gira que trata de negar lo que está frente a ella.

—¡No lo muevan, hay que controlar la hemorragia! —fue el grito que la sacó de sus pensamientos. Haida, el médico había aparecido en escena. Aún Gira no sabía cómo, con dos asistentes, además de Shiga y Grick se encargaba de darle los primeros auxilios a Félix, asegurándose de que respirara, aplicando un torniquete y haciendo todo lo posible por estabilizarlo.

—¡Gira, no te quedes ahí, ayuda! —ordenó Haida. Gira reaccionó por fin, acercándose también a ayudar al moribundo joven. ¿Qué había pasado? ¿Por qué las cosas salieron mal? ¿Por qué Félix había perdido medio brazo? ¿Quién demonios hizo tal cosa? Su cabeza daba vueltas pero no podía distraerse, debía centrarse.

Al poco rato la situación se había calmado: lograron estabilizar a Félix; Haida y Shiga lo llevaron en una camilla a un hospital de la ciudad. Grick se quedó al lado de Gira, quien jugueteaba con un cigarrillo en la mano, incapaz de fumarlo.

—Félix dejó un mensaje —le dijo Grik, mirándola—. Antes de perder el conocimiento dijo: "Lo hizo Umbra".

—¿Umbra? ¿El caballero negro misterioso que trabaja con el presidente actual? —preguntó la joven noctámbula Kasia—. ¡Qué raro…! Normalmente no suele actuar solo —agregó pensativa—. Siempre está rodeado de soldados.

—Entonces ese caballero negro aprovechó la oportunidad: al atacar al traficante nos tendió una trampa ¿eh? —Gira soltó el cigarrillo y lo pisoteó con fuerza—. ¿Acaso quiere que nos enfademos y ataquemos el palacio de manera imprudente? Si es así, me subestima.

Grik miró algo sorprendido a su capitana, pero después soltó una sonrisa divertida.

—Sin duda acaba de provocar que los cuervos se enfaden. Le tendremos que sacar los ojos.

—Tú lo has dicho —sonrió Gira. Extendió un brazo cubierto con un guante de cuero, que previamente le había dado Shiga, para dejar que un halcón se posara ahí.

Cerró los ojos, escuchó lo que el ave le dijo, tal y como Ikal le enseño a hacer la última vez que se vieron.

—Entiendo, gracias por tu ayuda —el halcón se transformó en un pequeño gorrión que se acomodó en su hombro. El Frau ha cumplido con su promesa de ayudar a Gira a partir de ahora como pago por haber sido rescatado. Es el comienzo de una gran alianza entre el ave y la capitana.

—Hay una forma de entrar en el palacio sin llamar la atención —explicó la capitana—. Pero, por supuesto que les haremos creer que caeremos en su trampa y atacaremos de frente —rio divertida—. Un grupo entrará por ese pasadizo secreto para robar la reliquia. ¿Qué les parece mi plan?

—Excelente, me muero de ganas por ver sus caras —aceptó Grik divertido.

—El escuadrón de noctámbulos también se pone a su disposición —dijo Kasia, haciendo una reverencia con su brazo—. ¡Ha llegado el día de recuperar nuestra ciudad!

De esa manera el plan se puso en marcha.

—¡No…! —Mosis despertó asustado y jadeando. Había tenido otra pesadilla en la que veía cómo Hesha era asesinada por el caballero negro, mientras él estaba atado al trono sin poder hacer nada.

El grito alertó a los dos guardias que custodiaban la entrada. Uno se asomó para ver si todo estaba bien.

—Estoy bien, solo fue una pesadilla. ¿En dónde está Umbra?

—Ha ido a cumplir una misión importante, no debe tardar en volver —le respondió el guardia, que volvió a cerrar la puerta, dejando a Mosis muy intranquilo. ¿De verdad hacía bien en confiar en Umbra? Fue un alivio durante un tiempo, pero ahora parecía que se había vuelto el nuevo gobernante de la ciudad. ¿Eso era malo? Podría descansar de tantas responsabilidades ¿no?

"No le des la espalda a los que debemos proteger" la voz de Hesha en su cabeza le hace reflexionar. No puede seguir siendo un hombre cobarde que dependa de los demás. ¿Pero qué puede hacer? Bueno, lo primero será deshacerse de esos guardias para poder salir.

Umbra permanece arrodillado frente a un altar, donde se encuentra el brazo cercenado de Félix, el cual empieza a desintegrarse: al final un humo rojo sale de sus restos. La figura fantasmal de una calavera roja flotante aparece frente a Umbra y dice:

—¿Un brazo esta vez? ¿De quién es? Parece ser de un joven ¿cierto? ¿A quién se lo arrebataste?

—A uno de los Cuervos Negros —responde con frialdad Umbra—. La operación ha comenzado. Le llevaré las dos reliquias cuando todo esto termine.

La figura fantasmal empieza a reír muy divertida:

—¡Quién lo diría…! Estás realmente determinado ¿eh? —dijo sin dejar de reír—. Pero las reliquias no serán suficientes, quiero que me traigas la cabeza de la Cuerva Negra ¿qué te parece? Me muero por ver el rostro de Gira de nuevo. Puedo ponerla sobre mi chimenea. ¿Qué opinas, mi querido Umbra?

—Así se hará, amo Zeikan.

Tras decir eso, Umbra se levantó y salió del recinto. Zeikan reinició su risa. La calavera comenzó a desaparecer. Sin embargo, un alarido salido de una de las paredes lo emocionó y, en vez de desaparecer se fundió con el altar y aguardó.

—¿Acaso estás bromeando…? —gritó furiosa Gira mientras se arrastraba por un túnel estrecho, guiada por el Frau, que había adquirido la apariencia de un ave muy pequeña para poder pasar por el túnel—. ¿Este es el maldito camino secreto del que me hablaste?

Cuando Gira vio la boca del túnel trasero al palacio, pensó que se trataba de una broma, pero no lo era, literalmente estaba cruzando un ducto de ventilación que daba a alguna habitación del palacio. Era suficientemente grande para que ella pudiera entrar pero sería incómodo para cualquiera que midiera más que la capitana.

—Vamos señorita Gira, avance más rápido y no se queje tanto, entre más rápido salgamos, mejor —dijo tras de ella Kasia, la mujer ocelote, la única que pudo acompañarla por el susodicho pasadizo secreto, pues Grick puso la excusa de que debía encargarse de dirigir el ataque por la puerta frontal. Pero todos sabían que una parte de él se había decidido a marcharse por el temor a quedarse atascado en el túnel. Gira respetaba a Ojo Negro, pero a veces —cuando le convenía— era impredecible.

—¡Maldición...! —rugió Gira y continuó arrastrándose por el conducto hasta que se vio una luz. El Frau salió volando, indicándole a Gira que el camino estrecho había terminado. Con cuidado bajó hacia el suelo para encontrarse con una habitación llena de trastos que le producían escalofríos al verlos. Se apartó para dejar pasar a Kasia que fue escogida para la misión por su buena vista en la oscuridad.

—¿Qué es esta habitación? —preguntó Kasia—. No recuerdo haberla visto en los planos del palacio. Y da escalofríos.

Gira entendía sus palabras. Esa habitación hacía que hasta ella quisiera salir corriendo: en el centro de la habitación había un altar lleno de lo que parecía ser sangre. Se aproximó a este y con cuidado tocó la base. Notó que no era sangre sino un polvo rojo mezclado con cenizas, pedazos de piel y ropa en descomposición. Alzó un puño con furia.

—Parece que aquí fue a parar el brazo de Félix. Ese enfermo lo usó para algún tipo de rito del que no quiero ni saber para qué fue —le dio la espalda al altar —. Vámonos, este lugar me da escalofríos —pero antes de que pudiera darle la espalda por completo al altar, una voz provocó que se le erizaran los cabellos de la nuca. Volvió a girar hacia el altar para ver una calavera roja, hecha de polvo, flotando y moviendo la boca.

—¡Oh, pero que sorpresa…! —Kasia se puso en guardia, pero Gira no lo notó pues buscó la voz, que reconocería incluso en medio de una tormenta.

—¡Sombra Muerta…! ¿Por qué no me sorprende? ¡Este tipo de cosas son de tu estilo…! —rugió la capitana.

—Oh vamos ¿es lo primero que dices después de tanto tiempo? Pero descuida, no estoy ahí presente, solo quiero que saludes a mi querido Umbra, ¡Es un tipo muy divertido! ¿Te enojó que le cortara un brazo a tu subordinado? No me dijo quién era. ¿Acaso fue ese chico problemático? ¡Sería genial que además de parche ahora use un garfio! ¿No? Pero es gracioso que estés aquí. No hace mucho le pedí a mi querido Umbra que te cortara la cabeza. ¿Por dónde entraste? Espera… —la calavera roja comenzó a reír, lo cual era escalofriante—. ¿Entraste por el conducto de ventilación? ¡Eso sí que es digno de ti…!

—¡Cierra el pico! ¡No tengo tiempo para tus tonterías…! —rugió Gira, sacando su espada, dispuesta a hacer desaparecer a esa maldita calavera—. ¡Si no vas a dar la cara, desaparece de una buena vez…! ¡Vete a tomar tu vino, porque cuando te encuentre en carne y hueso pienso matarte…!

—Mi querida Gira, sigues siendo tan descortés como siempre, pero coincido contigo en que es más divertido vernos en persona. ¡Ya veremos si es con el cuerpo completo! —volvió a reír—. ¡Nos vemos Cuerva Negra! ¡Ray, Arak y yo te estaremos esperando!

Y antes de que Gira arremetiera contra la calavera, ésta se desintegró por completo, su polvo se esparció provocando que la espada de la capitana se estrellara contra el altar, partiéndolo por la mitad.

—¡Maldita sea...! Un día de estos lo atraparé, sin duda.

Se recuperó y giró para ver a su acompañante, quien había visto la escena desde un rincón, incapaz de interrumpir.

—Hay que irnos de aquí —le dijo a la noctámbula, que trató de aguantarse la risa.

—De verdad la señorita Gira tiene carácter —susurra en voz baja Kasia para que la capitana no la escuche. Salen de la habitación por una puerta cercana revisando que no haya enemigos asechando, pero el escándalo les dio a entender que sus compañeros habían comenzado el ataque acordado.

CAPÍTULO XV
LA CARACOLA

El Palacio Caracola es uno de los nombres por el cual era conocido el antiguo palacio real, actualmente sede de gobierno del presidente Mosis, quien juraba que si la presidenta volvía, regresaría a ser el vicepresidente. Pero las cosas cambiaron radicalmente en los últimos meses con la presencia de Umbra, un extraño emisario de Heishi Mare; aunque la gente empezaba a creer que esa era una mentira porque los mismos miembros de Heishi Mare que rondaban la ciudad lo negaban. Aunque tampoco es que pudieran hacer mucho, ya que tan solo eran una gota de agua en el mar que era la organización y no podían afirmar por completo que Umbra no fuese parte del grupo.

Tras el levantamiento del muro las cosas se habían descontrolado bastante en Heishi Mare, sobre todo porque una parte de los miembros quedaron del otro lado y pese a que Luminor, su sede principal permanecía intacta, no podía mantener el orden en cada isla: algunos aprovechaban ese vacío legal para cometer fechorías.

Los habitantes de Bichubé aún recordaban la época oscura cuando su ciudad era un lugar lleno de maleantes, traficantes y esclavos. No deseaban regresar a esa época caótica, por eso cuando Slave cayó y Heishi Mare tomó el control de Bichubé capturando a los traficantes, provocando que el rey escapara hacia su propia muerte al llevarse los tesoros, estuvieron agradecidos por una nueva vida. Otros, más conservadores, simplemente se marcharon de la isla. La mayoría que permaneció ahí era de antiguos esclavos que no conocían otro lugar donde vivir, por lo que decidieron quedarse. Sabían que ahora podían escoger a su representante mediante una consulta popular y derrocar a aquellos que consideraran indignos. La chispa estaba presente, solo necesitaba un catalizador.

Entonces llegó la noche en que escucharon el escándalo provocado, primero por el ataque al último traficante de la isla y finalmente al palacio. La gente salió de sus casas con lo que tenía a la mano, decidida a enfrentar a los piratas que estaban atacando la ciudad, pero cuando vieron a esos filibusteros enfrentarse a los soldados de Umbra, los que habían estado saqueando realmente su urbe, decidieron aliarse con los corsarios y noctámbulos para darles su merecido. Por supuesto sirvió que Shiga, a la que una gran parte de isleños respetaba, les explicara la situación.

Los soldados apostados en el palacio no se podían creer lo que sus ojos veían: esperaban a piratas pero no a un ejército conformado por el pueblo y noctámbulos. Los que no estaban aliados con Umbra soltaron las armas y otros se unieron al ejército popular, pero soldados adictos a Umbra empezaron a disparar a diestra y siniestra para asustar a la gente, lo cual provocó más furia, sobre todo cuando algunos salieron heridos.

Y cuando las cosas estaban a punto de salirse de control, todo mundo se quedó repentinamente en silencio por el grito autoritario de una mujer que había aparecido en lo alto de una de las casas:

—¡Detengan este conflicto ahora mismo...! ¡Quienes se atrevan a disparar una vez más, se las verán conmigo...! —gritó la mujer, majestuosa, que todos reconocieron de inmediato, por lo que empezaron a gritar de felicidad y a llorar mientras decían con júbilo:

—¡La presidenta Hesha ha regresado...!

Los aliados de Umbra se habían quedado tan pasmados por la aparición repentina de la presidenta, que no tuvieron tiempo ni de intentar atacarla, porque los piratas, sobre todo Grick y Haize ya les rodeaban por completo y tuvieron que soltar sus armas, resignados.

Dentro del palacio, Mosis escuchó el escándalo pero no tenía tiempo para reaccionar, porque estaba más preocupado por la pirata que le apuntaba con una pistola en la nuca y le obligaba a llevarle hasta el subterráneo secreto donde se encontraba la reliquia, motivo por el cual no escuchó los gritos que clamaban de felicidad por el regreso de Hesha.

Gira tampoco lo oyó, pero suponía que sus aliados estaban haciendo bien su trabajo, por lo cual ella debía hacerse cargo de la reliquia sin preocupaciones.

—Vamos, querido presidente ¿cuánto tiempo falta para llegar? Espero que no me digas que no sabes dónde está o algo así.

—¡Esta cerca, en serio...! —gimió Mosis asustado, recordando con terror cómo su plan de escape se había arruinado repentinamente. Su mente regresó a unos minutos antes, cuando estaba aún en su habitación tratando de pensar en cómo deshacerse de los guardias y escapar hacia el campamento para ir a buscar, él mismo a Hesha a las Ruinas. Se arriesgaría, aún si moría en el intento, pero un Ruido le había sacado de sus pensamientos: alguien o algo había noqueado a los guardias y ahora intentaba abrir la puerta. Y cuando lo hizo, Mosis sintió un terror profundo al ver a una capitana pirata entrar y decir:

—¿Y bien…? ¿Aquí está el tesoro? ¿O volvimos a equivocarnos? ¿Cuántas malditas puertas puede haber en este sitio…?

—Creo que volvimos a equivocarnos jefa —había dicho la joven noctámbula —. Pero ese que está ahí es el actual presidente, Mosis. Seguro él sabe dónde está.

—Oh, entonces pescamos un pez gordo… —La sonrisa de la capitana le había dado escalofríos a Mosis.

—¡Deja de estar en las nubes y llévanos a nuestro objetivo, rápido…! —la voz de Gira le hizo regresar al presente y suspiró con resignación.

—Ya llegamos.

Tanto Gira como Kasia fijaron su vista al frente, acababan de cruzar una puerta que daba a un enorme atrio, en cuyo centro había un caracol con un muy alto portón, grabado con inscripciones extrañas. El atrio estaba rodeado por dos enormes cascadas que parecían venir del interior de la montaña y dirigirse hacia canales que salían del recinto. Pero eso no era lo que había captado la atención de las dos, sino el caballero de negra armadura que estaba parado con una espada desenfundada, bloqueándoles el paso al portón de desconocida escritura.

—Umbra ¿no es cierto? —afirmó, más que preguntar Gira antes que nadie—. Por fin tengo el honor de conocerte —desenfundó su espada, aquella heredada por su padre, una de las armas de ese tipo, legendarias del mundo—. Tenemos un asunto pendiente. Me debes el brazo de mi subordinado. Y tengo otros pendientes con tu jefe, así que tendrás que pagar un poco por él.

Y empezó la batalla. Las espadas se cruzaron una y otra vez, ninguno de los dos bajaba la guardia. Kasia aprovechó el momento para arrastrar a Mosis, que se había quedado paralizado, hacia el portón con inscripciones extrañas.

—Señor presidente ¿puede abrirla?

—No lo sé —contestó él, mirando los signos —. Dicen que ni siquiera el anterior rey pudo abrirla alguna vez. Esta puerta es más arcaica que el mismo Bichubé —explicó—. La antigua sacerdotisa nos contó a mí y a mi hermana que la armadura sagrada fue dividida en dos hace muchísimo tiempo; por ello, sus partes fueron guardadas por separado. También nos dijo que era peligroso tratar de abrir esa puerta.

—¿Y no te dijo que dice esa inscripción de la puerta?

—A mí no, desconozco si a Hesha le contó más cosas. Tal vez si estuviera aquí podría decirnos —suspiró con tristeza—. Soy un bueno para nada, no sirvo como presidente ni puedo ayudar ahora —se giró a ver a Umbra que luchaba contra Gira—. Incluso caí en una trampa, en una mentira y dejé que Umbra se apoderara del gobierno con mucha facilidad.

—Bueno, sin duda hay que admitir que eres un idiota por dejarte guiar por ese tipo —le espetó Kasia, pero antes de que Mosis se echara más la culpa de todo recordó—: pero nunca olvidaré que tú fuiste quien organizó la ciudad para que los manumisos, esclavos liberados como nosotros pudiéramos vivir en paz. Incluso, si se torció un poco la situación por ese Muro, nunca te has rendido para tratar de ayudar a los ciudadanos —sonrió—. La jefa Shiga me dijo que si Umbra no tomó por completo el control de la ciudad, es porque tú lo has estado frenando ¿no es cierto? Además de que no has dejado que ningún traficante vuelva a la ciudad, exceptuando, claro, a uno, pero lo has mantenido encerrado en una casa que deja mucho que desear. Tú confiabas en que nos encargaríamos de él ¿cierto?

Mosis se sonrojó: habían descubierto su secreto. Sin duda las reformas que Umbra había planeado eran demasiado radicales y Mosis no estaba de acuerdo con ellas, por lo que se había encargado de que no se saliera de control la situación. Y era cierto que puso estricta vigilancia en los puertos para evitar que traficantes y piratas entraran a la ciudad, todo con ayuda de los miembros de Heishi Mare y Shiga, a quienes les confiaba en secreto ciertas misiones a espaldas de Umbra.

—Intentemos pensar en cómo abrir esa puerta ¿sí? —propuso Mosis mirando las inscripciones—. No parece haber cerradura, y menos aún llave —al tocarla sintió una extraña sensación, por lo que apartó su mano—. Si tan solo pudiéramos entender el mensaje escrito...

Ambos se quedaron mirando la puerta, tratando de entender las letras, en tanto que, detrás de ellos Umbra y Gira continuaban enfrentándose en un duelo que no parecía tener fin. La capitana de los Cuervos Negros tenía una sensación extraña cuando peleaba contra él, pero no podía estar segura. ¿Quién era? No recordaba haberle visto antes ¿un subordinado secreto de Sombra Muerta? ¿Por qué había aparecido solo hasta ahora?

Ambos retrocedieron por unos instantes, momento que ella aprovechó para preguntar:

—¿Quién demonios eres? ¿Y cuál es tu relación con Zeikan?

—Soy el verdugo de mi amo, y seguiré sus órdenes eternamente.

—¿Verdugo? —y Gira recordó lo que había dicho esa calavera roja flotante sobre que le pidió que cortara su cabeza—. Lo siento, no pienso permitir que cumplas tu trabajo —sonrió y ambos volvieron a intercambiar golpes con las espadas.

Entonces dos personas irrumpieron en el lugar. La presencia de una de ellas fue tan notoria, que hizo que los presentes se giraran a verle.

—¡Hesha! ¡Has vuelto…! —Mosis saltó hacia ella realmente emocionado, pero se detuvo al recordar todo lo que había provocado en su ausencia—. ¡Todo esto es mi culpa! ¡Soy un desastre…! —se tiró a sus pies, pero Hesha se arrodilló a su altura.

—Perdón por dejarte solo tanto tiempo. Si bien te has equivocado en ciertas decisiones, sé que en el fondo estabas tratando de ayudar a nuestro pueblo.

Le ayudó a levantarse y colocó una mano en su hombro. Entonces volteó a ver a Umbra: se había quedado completamente quieto. Gira por su lado no le quitaba la vista de encima al que estaba detrás de Hesha: se trataba del mismo Rimú, quien le dedicó una ligera sonrisa.

—Umbra, le solicito inmediatamente que se retire de estos recintos. Como puede ver, no requerimos de sus servicios —comenzó a hablar Hesha con un tono muy serio—. Si entrega sus armas de manera pacífica, lo trataremos de la mejor manera posible hasta que decidamos cuál será su castigo. En cambio, si insiste en seguir luchando, caerá todo el peso de la ley sobre usted. He de advertirle que ya hemos capturado a la mayor parte de sus aliados, así que le pido que se rinda.

Lo que pasó después fue tan rápido que no fue fácil entenderlo: Umbra recitó algunas palabras y aventó hacia el suelo un polvo rojo que, convertido en humo se levantó, nublando temporalmente la visión de los presentes. Gira, Kasia y Rimú reaccionaron rápido, pero no lo suficiente para evitar la tragedia que seguiría después.

Umbra había lanzado una daga contra Hesha dispuesto a matarla, pero alguien se interpuso en su camino. Se trataba de Mosis, quien al estar más cerca de su hermana bloqueó con su cuerpo el arma mortal que iba dirigida a ella.

Cuando la humareda se disipó, lo primero que vieron todos fue a Mosis sonriendo con una daga en el estómago. Escupió sangre y cayó en los brazos de su hermana, quien no dejaba de gritar su nombre. Kasia se aproximó a tratar de ayudarle y Gira arremetió con furia hacia Umbra, quien la bloqueó con su espada pero la pirata fue más rápida y lo acorraló hacia uno de los canales, cayendo aparentemente ambos hacia los mismos. Sin embargo Rimú logró sostener la mano de Gira antes y la salvó. Lo último que vieron fue a Umbra arrastrado por el agua de los canales hasta perderse de vista.

—¡Kasia…! —ordenó entonces Hesha a la aturdida ocelote—. ¡Ve a decirles a los guardias que revisen los canales! ¡Umbra no puede escapar! ¡Y avisa a los sanadores para que vengan…!

Kasia dudó unos instantes viendo al moribundo Mosis, pero Hesha volvió a gritar; entonces ella salió corriendo hacia el exterior seguida por Rimú, quien tras asegurarse de que Gira estuviese bien, se sumó a la búsqueda para pedir ayuda.

La capitana se quedó callada mirando hacia donde estaba Hesha, quien sostenía a Mosis en sus brazos. Él apenas podía moverse y empezaba a perder color.

—Que... vergüenza... nos volvemos a reunir... y ahora... yo... te dejaré... sola... —Mosis se esforzaba por hablar, aunque lo hacía de manera entrecortada—. No... hago... más... que... cometer... errores... Sin... ti... no...soy...nada.

—Eso no es cierto, cometiste errores, sí, pero buscabas lo mejor para todos. En otras manos este pueblo habría acabado mucho peor —Hesha acarició su rostro—. Ahora, no hables, la ayuda está en camino.

—...Hesha... ¿qué... es... lo... que... dice... en... la... puer... ta...? —preguntó él. Hesha bajó la mirada antes de recitar la frase que su amada le había enseñado:

Haec porta aperietur, donec factum fidum apparetur

Y comenzó a llorar, pues acababa de comprender la profundidad de esas palabras.

—¿Por... qué... lloras...? —preguntó Mosis—. N... o... llo... res...

—La puerta... se abrirá, sin duda... —respondió Hesha, acariciando el rostro de su hermano —. Lo que dicen los símbolos en nuestra lengua es: "Esta puerta se abrirá cuando una acción sincera se presente".

Y entonces Mosis comenzó a reír de felicidad.

—¡En... ton... ces... ser... ví... de... algo... des... pués... de... todo...! —sonrió extendiendo su mano débilmente para tocar el rostro de su hermana—. Te... encar... go... nues... tro... rr... eino...— Hesha sostuvo la mano de su hermano, temblorosa—. Cui... da... nues... nuestr... o... asis...—. Tras eso cerró los ojos por completo y el halo de la muerte se lo llevó al otro lado, al mismo tiempo que la inscripción brillaba y la puerta se abría de par en par. La armadura que portaba Hesha empezó a temblar deseosa de reunirse con su otra mitad. Ella dejó con cuidado a su querido hermano y cruzó la puerta. Gira en ningún momento se movió, pasmada por todo lo que sus ojos veían. Ni siquiera lo hizo cuando entró Rimú acompañado de Sasobek y los sanadores que trataron inútilmente de salvar a Mosis: ya era tarde, él ahora descansaba con una sonrisa sincera en su rostro.

Todas las miradas se centraron en la puerta abierta. Se asombraron cuando Hesha apareció frente a ellos ataviada con la armadura completa: era similar a una cota, fabricada con un material parecido al algodón, adornado con motivos de caracoles, además de ave que presumían que era el dragón de fuego.

Los presentes y aquellos que entraron después, celebraron porque su verdadera regente había vuelto a La Caracola, pero también lloraron a Mosis y esa noche no hubo nadie en todo el reino que no brindara por el vicepresidente, pues pese a sus errores, siempre pensó en su pueblo y amaba más que nadie a su tierra.

CAPÍTULO XVI
LA ESPERANZA DE LOS CUERVOS

Pasaron dos días desde el incidente al que, desde entonces todos llamaron "El regreso a la Caracola". Los Cuervos Negros se quedaron unos días para asistir al funeral de Mosis, Jake y Juno. A estos hermanos les dedicaron altares significativos en Bichubé, con una leyenda que rezaba:

En honor a los dos carteros intrépidos que lucharon hasta el final por hacer llegar sus cartas.

A solicitud de Azalea también anexaron unas palabras:

En Dai, su tierra natal, siempre serán recordados con cariño.

—Le agradezco profundamente que nos permitiera incluirlos en el funeral —les dijo Gira un día después a Hesha y Shiga, mientras las tres estaban frente a la tumba de Mosis, en el cementerio de lo alto de la ciudad.

—No hay problema. Después de todo el señor Jake fue uno de los que ayudó a salvarme —contestó Hesha—. Ojalá pudiéramos mandar sus restos a su isla, pero me temo que no es posible.

—No se preocupe, según lo dicho por Azalea, ese vaquero consideraba este lugar su hogar, y tener un monumento junto a su hermano es más que suficiente —replicó la capitana—. En cuanto logremos volver a Dai, nos aseguraremos de que su historia se conozca. Sin duda serán honrados en ese lugar.

Una paloma se posó en una de las tumbas cercanas, observándoles. Shiga se acercó a ella y la acarició cariñosamente.

—Parece muy contento de estar a tu lado —comentó sonriendo a Gira.

—Nos hemos estado conociendo estos días y creo que me cae mucho mejor que Ikal —comentó ella, suspirando—. Pero tendré que asegurarme de no fumar demasiado cerca de él. ¿Sabes si tiene un nombre? No creo que llamarle Frau a cada rato sea adecuado.

—Niva —explicó Shiga. El ave movió las alas con alegría—. Ese es el nombre que Nuri usaba para hablarle y parece que le gusta mucho.

—Me agrada; Niva, entonces —aceptó Gira, pero su rostro lucía serio cuando agregó—. ¿Se sabe que fue de Nuri?

—Hay toda clase de rumores sobre un joven, con sus características, rondando desnudo por las afueras de la ciudad. Cuando intentan acercarse a él, se aleja corriendo —reveló Shiga con tristeza—. Pero no te preocupes por él, un conocido mío de confianza me dijo que se encargaría de ayudarle.

—Bien, entonces —la capitana miró a las dos mujeres— supongo que no me trajeron aquí solo para hablar de eso ¿cierto?

—Es correcto. Como quedamos, estoy lista para entregarte la reliquia. Ha sido protegida con todo el cuidado posible para el viaje. Sasobek ya debe estar entregándola al señor Grick y a la señorita Naira, como nos indicaste.

—Perfecto —las miró frontalmente—. ¿Qué más necesitan de mí?

—Tan solo advertirte que tengas cuidado, no sólo de Umbra cuyo cuerpo no logramos encontrar, sino también de Svend, quien desgraciadamente logró escapar en medio de la confusión del ataque al palacio —suspiró Shiga—. Pero como ya no tiene a Nuri de su lado, es posible que no llegue muy lejos. De todas formas su peligrosidad radica en los malos rumores que pueda esparcir sobre los Cuervos Negros —para sorpresa de las dos mujeres, Gira rio.

—Si me preocupara la reputación, no habría salido nunca de mi casa —respondió—. Somos los Cuervos Negros, seguiremos viajando hasta cumplir nuestro objetivo y por ello tendremos muchos enemigos que tratarán de manchar nuestro nombre. Pero estamos preparados para eso.

Hesha y Shiga sonrieron y se quedaron charlando con Gira un rato más, mientras el Frau revoloteaba por los alrededores convirtiéndose en otras aves, feliz de poder volar en libertad.

Los Cuervos Negros se habían quedado cerca del puerto, en un sanatorio que había servido para tratar a los heridos. En la enfermería, la voz de una joven enérgica destacaba:

—Tú mentiste, hermano —reclamaba Azalea con el rostro cubierto de lágrimas.

Félix sonrió débilmente.

—No lo hice. Prometí protegerte a toda costa ¿No?

—¡Pero estás herido...! —se quejó ella, mirándole.

—Esa fue una complicación sin importancia. El doctor Haida dice que estaré bien en unos días.

—¡Pero perdiste por completo el brazo...! —protestó la joven, revelando bruscamente lo que su hermano trataba de ocultar bajo las sábanas.

—No te preocupes. Aún tengo el resto de mi cuerpo para protegerte. El doctor Haida dice conocer a un experto que podrá colocarme un brazo de repuesto.

—¡Idiota...! —cruzó los brazos francamente molesta—. ¡Estaba realmente preocupada por ti!

Félix la atrajo hacia él con su brazo sano y la abrazó con cariño.

—Descuida, estaré bien. ¿No es bueno que ese sujeto solo se haya llevado uno de mis brazos?

—Espero que no trate de regresar por el resto del cuerpo o probará mi ira —replicó Azalea un poco más tranquila, pero su expresión se volvió sombría—. Ahora juntos tenemos que pensar en cómo decirle a Maya lo que ocurrió con Jake y Juno. No sé si pueda soportarlo después de la desaparición de Shinta.

—Estaremos a su lado para ayudarla, no te preocupes —aseguró Félix acariciando la cabeza de su hermana menor—. Volveremos a Dai juntos y les contaremos a los pobladores el valiente acto de los hermanos. Estoy seguro de que sus padres estarán orgullosos de ellos.

—¿Cómo crees que estén Anabel y Roberta? —Azalea y Félix ya no llamaban a su madre y padre de sangre con respeto, sino por sus nombres, como si solo fueran sus conocidos—. En la prueba del templo, me preguntaron si los odiaba. Respondí con la verdad: no los odio, pero sé que tampoco los amo. ¿Y tú, Félix? ¿Cuál habría sido tu respuesta?

—Seguramente la misma que tú. Después de todo, ahora tenemos una verdadera familia y aunque podría decir que no me importa lo que les pase, eso es una mentira; en cierta forma quiero saber si están sanos y salvos.

—Entonces habrá que trabajar duro para volver a Isla Dai ¿no? Quiero restregarle en la cara a Roberta lo mucho que hemos cambiado.

—Sí, sobre todo yo, le daré un buen susto cuando me vea llegar con una prótesis en lugar de brazo, y un garfio. Y tal vez Anabel se emocione con los materiales; siempre le ha gustado todo lo relacionado con la madera. ¿Qué tal si le compramos un escudo para esquivar los jarrones de Roberta? Tal vez debamos comprar también más jarrones.

Ambos rieron y continuaron charlando en el interior de la enfermería.

—Estoy seriamente preocupado por la cantidad de trabajo que me da esta tripulación —suspiró Haida mientras revisaba la cuenca vacía de Rimú, le aplicaba un medicamento y le colocaba el parche negro de nuevo. El muchacho sonrió.

—Debió adivinar lo problemático que sería.

—En efecto —suspiró Haida guardando sus medicinas.

—¿Necesitaremos ayuda de esa persona? —preguntó Grick al entrar, de muy mal humor—. ¡Sabes que ese tipo está en mi lista de personas indeseables...!

—Solo porque nunca has podido derrotarlo en combate. Además nos vendrá muy bien su ayuda para seguir con nuestra misión —contestó Haida sin perder la calma—. En estos momentos necesitamos toda la ayuda posible. Sabes que él es un experto en la materia que nos compete ahora mismo.

—¡Ya lo sé...! —Grick, molesto se sentó sobre la cama—. En fin, Gira dice que tiene un mal presentimiento sobre Maya y Lune.

Rimú realmente se asustó por esas palabras.

—¿Está todo bien? ¿Qué sucedió?

—Esperemos que nada. Esta misión ha sido, sin duda, un dolor en el trasero.

Tras haberse despedido de Hesha y Shiga, Gira regresó al barco y permaneció escuchando lo que el ave que tenía a su lado le decía. Gracias a las enseñanzas de Ikal había aprendido a comunicarse con las aves y no hacía mucho había salvado a su compañero de un cruel destino. El Fraus se quedó con ella mientras sus heridas sanaban y cumplía con parte del trato. Además, las habilidades de trasformación en otras aves serían excelentes para el espionaje en las ciudades.

—Entiendo el mensaje —dijo finalmente Gira—. Nos reuniremos con ellos tras encontrar la otra reliquia. ¿Te encargas de hacerle llegar esa nota a Ikal? Te lo encargo, Niva.

—Trataré de trasmitirles el mensaje a las gaviotas para que se lo hagan llegar —. Al decirlo, Niva se transformó en una gaviota con ojos bicolores y se marchó por la ventana. Los tripulantes observaron cómo se alejaba y se aproximaron hacia el camarote. Gira se había levantado y salía de él. Al instante fue abordada por Haize y Naira, que lucían realmente preocupados.

—¿Qué sucede? Acabamos de ver al Fraus alejarse.

—Su nombre es Niva y me trajo un mensaje de Ikal. Iremos directamente a buscar la siguiente reliquia —contestó Gira sin darle vueltas al tema.

—¿Y Lune y Maya? —intervino Naira, preocupada—. No irás a decirme que los dejaremos por su cuenta ¿cierto? ¿No tenías un mal presentimiento?

—Ikal me prometió que se encargaría de la situación. Nos reuniremos con ellos en unos días en Naríwari, la tierra de los lobos. Pero nosotros iremos primero por la reliquia del reino de Ignis ¿Queda claro?

La capitana los miró. Haize se quedó muy serio, cosa rara en él; asintió con la cabeza, se giró y se marchó en medio de un incómodo silencio, dejando a las mujeres solas.

—Deja que esté solo un rato, no será fácil para él volver a su hogar después de tanto tiempo —comentó Naira afligida.

—Lo sé. ¿Qué harás tú? —preguntó Gira.

—Admito que me preocupa mucho Maya, pero confiaré en que estará bien. Mi prioridad es estar aquí y ayudar en lo que sea necesario.

—Magnifico, serás de gran ayuda —comentó Gira con sarcasmo y continuó su camino antes de que Naira le pudiera reprochar algo.

—Será la capitana, pero sigue siendo un dolor de cabeza —murmuró.

Naira sabía que Gira se había vuelto muy seria y madura por las responsabilidades que cargaba sobre sus hombros. La Gira inmadura del pasado perdió a sus seres queridos. Vio cómo mataban a su padre, dejó que lastimaran a Rimú y no pudo hacer nada para evitar que Ray se fuera con su peor enemigo. A la mala había entendido que ser capitana conllevaba muchas responsabilidades y que la vida de su tripulación dependía de ella.

Y no era la única que había cambiado. Todos en la tripulación tenían una sombra en su mirada por la desaparición de Leiya y Shinta. Pero la que más estaba dolida era Maya. Por eso Naira estaba tan asustada, no solo porque no sabía qué hacer para apoyarla sino porque no deseaba que acabara en un mal camino. Se seguía preguntando si debió revelarle la verdad acerca de Luz, pero antes de que se diera cuenta Maya se había ido también junto con Lune en busca de una de las reliquias. Ella tan solo deseaba que se encontrara sana y salva.

Un estruendo proveniente de la biblioteca del barco la hizo salir de sus pensamientos y corrió directamente al lugar.

—¿Qué sucede Micha? ¿Está todo bien?

Era normal que la bibliotecaria se tropezara y se le cayeran los libros encima, pero en esta ocasión Micha sólo había dejado caer los libros y tenía el rostro muy pálido.

—¿Micha...? ¿Estás bien?

La sacudió, preocupada. Eso pareció hacerla reaccionar.

—Oh, sí, no te preocupes —lucía nerviosa—. Sólo vi una cucaracha y me asusté un poco.

Naira suspiró, pero había algo en la mirada de Micha que la hizo sospechar. ¿Qué rayos pasaba? ¿Ahora Micha le ocultaba algo? Nunca indagó demasiado en el pasado de la bibliotecaria, quien aseguró que era una simple habitante de Naufra que deseaba recorrer el mundo con sus libros. Naira la conoció en el barco, igual que a los demás. ¿Acaso había algo más que no sabía? Pero antes de que pudiera preguntarle, se dio cuenta de que Micha se había marchado sin siquiera recoger los libros.

Ella misma los recogió y se disponía a salir de la habitación cuando vio a Haize entrar.

—Imaginé que estabas aquí —comentó el noctámbulo, sumamente angustiado y triste.

—¿Qué sucede? —Naira se acercó a él.

—Sabes lo que pasa. Te necesito otra vez para calmarme.

Naira suspiró y lo abrazó. Podía escuchar sus agitados latidos.

—¿Tanto miedo tienes de volver a casa? —acarició sus orejas y cabello. Había crecido mucho.

—Sí —contestó Haida—. Escapé en el peor momento y no sé en qué estado estén las cosas ahora.

Era como un niño asustado. Naira sabía un poco del pasado de Haize, pues él mismo les había revelado detalles a todos los de la antigua tripulación de La Audaz Navegante. Sabía que no sería fácil para él regresar.

—Vamos a mi habitación, ahí estaremos más cómodos.

Sin decir más, Naira guio al lobo a sus aposentos. Nadie volvió a verlos en toda la mañana.

Por su parte Micha estaba mirando hacia el puerto, contemplando cómo terminaban de estibar las provisiones y comenzaban todos a subir al barco, pues el próximo destino había sido decidido.

—¿Micha? ¿Qué haces por aquí? —preguntó Azalea, quien encabezaba una pequeña comitiva constituida por ella y su hermano, ayudado por Grick para caminar. Haida estaba justo detrás, vigilando.

Micha pegó un grito y cayó de espaldas, provocando que los otros se sorprendieran.

—¿Estás bien? —preguntó el médico, ayudándola a levantarse.

—¡Por supuesto! ¡Es que Azalea me espantó! ¡Lo siento…! —Y se fue tan rápido que ninguno de los cuatro supo qué decir.

—Y yo que creía que era la única normal por aquí —comentó Grick, sin darle importancia. Continuó el camino a la enfermería del barco con Félix, con ayuda de Azalea.

Haida tardó unos segundos en seguirlos. Se quedó viendo en la dirección en la que se había ido la chica. ¿Por qué tenía ese extraño presentimiento? Alcanzó a los demás enseguida, esperando que sus presentimientos tan solo se debieran al cansancio por el exceso de trabajo.

—¡De verdad que problemática hambre tenía! —Rimú devoraba un pedazo de pescado en la cocina, acompañado por Ortua, quien le había servido un plato después de que el muchacho insistiera.

—Cruzar el desierto debió ser un infierno ¿cierto?—rio Ortua.

—Tú lo has dicho, pero pude arreglármelas para traerte los problemáticos ingredientes que me pediste.

Rimú suspiró recordando algunos momentos incómodos que vivió en aquella isla desértica. Ortua, que era bueno para detectar ese tipo de cambios de ánimo, le preguntó:

—¿Por qué esa cara? ¿No lograron su cometido?

—Sí, pero por esa problemática armadura pasaron tantas cosas que me da dolor de cabeza —volvió a suspirar Rimú.

—Oh, sí, me enteré de que un vaquero falleció en la misión y hay una joven desaparecida.

—No sé con qué cara voy a ver a Shinta cuando le diga que dejé morir a uno de sus amigos de la infancia. Será problemático —dejó el plato un segundo y se cubrió la cara.

—No fue tu culpa. Ese hombre sabía lo que hacía cuando decidió sacrificarse por admitir su pecado. Y sobre la joven ¿quién sabe lo que le pasó? No podemos saber lo que ocurrió dentro de ese lugar.

—La entrada esta sellada y no saldrá hasta que llegue el momento problemático —suspiró Rimú, terminando de comer—. Todo esto es un dolor de cabeza problemático. Realmente espero que lo siguiente no sea peor.

Bostezó. Se disponía a levantarse cuando Ortua le preguntó:

—¿Cuándo crees que recupere a mi asistente de cocina?

Un extraño brillo se asomó en los ojos de Rimú.

—¿Crees que está vivo?

—Tú mismo dijiste que no sabías con qué cara mirarlo. Y sabes que el resto te golpeará por preguntarlo.

—Lo sé, y eso es lo problemático: saber si vive o no.

—¿No confías en lo que dijo la joven sellada?

—Fue realmente confuso, pero me dio una problemática esperanza.

—¡Entonces no hay que perderla…! ¡Mi asistente de cocina sin duda regresará con Leiya!

Ortua estaba muy feliz y siguió trabajando, incluso empezó a chiflar.

Rimú sonrió también y se quedó dormido sobre la mesa. Estando el cocinero tan feliz no lo regañaría por dormirse ahí.

Si alguien se hubiera asomado al puerto, habría pensado que había un festival, por la cantidad de gente reunida. Exploradores, noctámbulos y gente común se despedía de un barco pirata con suma alegría, algo raro en esos tiempos y más tratándose de piratas.

—¡Gracias por todo...! ¡Vuelvan a visitarnos pronto, tendremos las mejores bebidas para ustedes...! —decía Kasia junto con algunas de sus compañeras.

—Por supuesto, El Oasis siempre tendrá sus puertas abiertas para ustedes —agregó Shiga, riendo por la emoción de su compañera.

Aquello alegró mucho a la tripulación, al grado que algunos estuvieron a punto de desembarcar y quedarse, pero la mirada furiosa de su capitana les hizo retractarse.

La despedida finalizó sin demasiados contratiempos y El Cuervo Negro se alejó de la isla, con la promesa de volver.

Mientras más se alejaba, la gente se iba replegando para regresar a sus actividades. Solo quedaron en el puerto Shiga y Kasia.

—¿Sabe jefa? No creo que encontremos piratas como esos en mucho tiempo —suspiró Kasia mientras estiraba sus brazos y los colocaba detrás de su cabeza.

—Eso es muy cierto, tendremos que trabajar duro —replico Shiga—. Cuento contigo —añadió.

—¡Por supuesto...! ¡Tengo que mostrarle a Mosis que este pueblo se volverá el mejor oasis del mundo! —dijo alegremente. Salió corriendo hacia la ciudad mientras Shiga volvía a ver el mar.

—Las corrientes son inciertas en estos tiempos, pero deseo en el fondo de mi corazón que un viento favorable sople para ustedes.

Y tras decir esas palabras, se giró para alcanzar a su compañera.

En lo alto de la ciudad, Hesha, aún frente a la tumba de Mosis, mira en dirección al gran remolino que cubre las Ruinas y piensa en los dos seres que ha perdido.

—No pienso hacer una tumba para ti Mesha, pues sé que sigues viva en esas Ruinas —dice—. Y así como tú no te rendiste, yo haré lo necesario para cumplir mi promesa de proteger este reino que tanto aman mi hermano y tú —le da la espalda a la tumba y a la tormenta de arena—. Así que descansa, y cuando despiertes, el oasis te recibirá.

Caminó sin mirar atrás.

Una última persona se había quedado mirando hacia el horizonte, sentado en unas rocas cercanas al mar, a las afueras de la ciudad. Estaba completamente desnudo pero no parecía estar molesto por eso, tarareaba una canción.

—Sabía que te encontraría aquí —dijo una voz a sus espaldas—. Eres bastante escurridizo ¿lo sabías?

Un hombre de cabellos azulados y oscuros cubrió con una manta al joven desnudo.

—Sólo disfrutaba de la libertad, pero ahora que no tengo alas no puedo escapar de esta isla por mí mismo —replicó el joven manumiso.

—Por eso te estaba buscando joven Nuri. Estoy por salir de esta isla para seguir mis viajes ¿te gustaría acompañarme?

—¿Hablas de viajar por todo el mundo? Suena bien para mí —respondió el vurdalak levantándose, cubriéndose más con la manta—. ¿Tú eres Aetos, verdad? —sonrió—. He estado leyendo algunos de tus libros.

—Vaya, me alegra saber que soy famoso —rio también el cronista—. Entonces, partamos, que hay todo un mundo por descubrir y mil historias por contar.

Caminaron hacia el puerto, donde tomarían su propio barco, con destino aún desconocido. Pero en un futuro no muy lejano sus caminos volverían a cruzarse con el de los Cuervos Negros.

Casi como si las palabras de Shiga fuesen una profecía, ese día el viento fue favorable para la embarcación y el Cuervo Negro mantuvo tranquilo su trayecto.

Unas horas después de la partida, Gira reunió a todos en el comedor. El barco ya iba rumbo a su siguiente destino, donde recopilarían toda la información que habían juntado en la última isla. Escucharon con desagrado sobre el breve encuentro que tuvo Gira con la calavera roja de Sombra Muerta; teorizaron que sin duda Umbra, de alguna manera habría sobrevivido y escapado para volver a reunirse con su amo. Por supuesto, a todos les tomó por sorpresa las palabras proféticas de la guardiana del templo y tuvieron un atisbo de esperanza cuando Rimú les contó los detalles acerca de la apariencia de ella. Guardaron silencio por las pérdidas que se habían sufrido, pero no podían dar marcha atrás. Sin duda había muchas preguntas por resolver y deseaban que los siguientes viajes pudieran terminar de responderlas.

Después de unas horas, Gira se levantó, hizo servir a los presentes en la reunión tarros de agua o ron y dijo con una voz muy seria:

—Esta primera misión fue un reto muy grande para nosotros, pero logramos conseguir la primera reliquia: la vestimenta sagrada. Maya y Lune están buscando el casco. Nos reuniremos con ellos después de encontrar la siguiente reliquia: la espada que encontraremos en la Isla del Fuego Congelado. Su camino estará repleto de peligros que nos entorpecerán, y los rumores sobre nuestras fechorías llegaran a todos lados. ¡Pero eso no nos impedirá que cumplamos nuestra misión…! ¡Por la esperanza de los Cuervos Negros…! —elevó un tarro lleno de ron.

—¡Por la esperanza de los Cuervos Negros! —repitieron a coro los presentes, levantando sus tarros de la misma manera, listos para enfrentar cualquier peligro que encontraran.

CAPÍTULO XVII
LA ISLA DEL FUEGO CONGELADO

—Gira, perdona la problemática pregunta pero, estamos en el Archipiélago de Ignis, ¿verdad? —preguntó temblando Rimú.

—Sí, nuestro próximo destino es la reliquia relacionada con el dragón del fuego. ¿No recuerdas de qué trató nuestra última reunión?

—Por supuesto que lo recuerdo, lo que no entiendo es porqué estamos en esta isla problemática congelándonos, si lo que buscamos es fuego.

—¿Tengo cara de saberlo todo? —Gira se giró a ver a Rimú con cara de fastidio—. ¡No tengo ni idea de lo que está sucediendo en este lugar...! —De inmediato encaró a la persona que estaba detrás de ella—. ¡Haida, más vale que me expliques qué sucede en este lugar...! Ya me parecía raro que nos pidieras que sacáramos nuestros abrigos antes de llegar a la isla. Qué bueno que lo hicimos o estaríamos congelándonos. ¡Más vale que te expliques...! ¿Qué sucede en esta isla?

El conocido como Cirujano sombrío, no perdió la calma pese a la cara de irritación que le dedicaba su capitana. Antes de contestarle, le pidió apoyo a Rimú para que ayudara a

Azalea a cargar a Félix en su lugar. Una vez que se aseguró de que el muchacho estaba en buenas manos, comenzó a contestarle a la capitana:

—Me sorprende que no conozcas la historia de la capital del archipiélago de Ignis, Cetle, cuando el volcán Cetle es una de las maravillas de nuestro mundo.

—Espera —lo interrumpió entonces Azalea sin soltar a su hermano que estaba igual de confundido que ella—. ¿Estás diciendo que esa montaña enorme congelada en realidad es un volcán? ¡Sorprendente…!

—En efecto querida Azalea, es sorprendente. Y maravilloso. La historia completa de sus orígenes la documentó en su tiempo el cronista Aetos en *La montaña de fuego congelada*. En cuanto tenga tiempo les leeré ese fragmento. Por ahora será mejor dirigirnos a casa de mi amigo en esta ciudad, para atender a Félix y ahí buscar información sobre el paradero de la reliquia.

—Bien, me parece justo. Espero que encontremos en esa problemática casa un lugar caliente.

—¡Oh…! Creí que te habías hartado del calor del desierto —bromeó Gira mientras el grupo comenzaba a caminar siguiendo a Haida hacia la entrada de una enorme ciudad nevada, amurallada al pie del enorme volcán congelado.

—Empiezo a creer que el clima problemático quiere estar en mi contra —suspiró Rimú sosteniendo su abrigo, caminando para tratar de no congelarse—. Debí quedarme en el barco —estornudó y siguió a los demás rápido, al percatarse de que lo estaban dejando atrás.

La tripulación se había dividido nuevamente. Esta vez un pequeño grupo había ingresado a la isla y el otro se había quedado a proteger el barco, sobre todo manteniéndolo lejos de los riscos, pues las corrientes frías eran bastante potentes en los alrededores. Además, no era prudente acercarse tanto a la capital de uno de los archipiélagos con un barco pirata como el Cuervo Negro, por lo que sólo un selecto grupo constituido por Gira, Rimú, Naira, Azalea, Félix y Haida se internarían en la isla mientras el resto se quedaban a proteger el barco y la reliquia que ya poseían. Aunque realmente los que tendrían el trabajo pesado de conseguir la reliquia serían Gira, Rimú y Naira, porque Félix, Azalea y Haida se reunirían con un viejo amigo del cirujano, experto en implantes que podría ayudar a Félix. Sin embargo les advirtió que se trataba de un vurdalak, por lo cual Haize decidió quedarse en el barco al no tener ganas de respirar en el mismo ambiente que uno de ellos. Últimamente había estado muy inquieto y no quería provocar problemas.

No había que ser muy genio para entender que lo que le alteraba a Haize era que, después de la Isla del Fuego Congelado, irían a visitar la Isla de los Lobos, su antiguo y natal hogar, y del que por ciertas circunstancias tuvo que salir, hacía unos años.

Normalmente Naira habría decidido quedarse a su lado para reconfortarlo, pero no lo hizo pues tenía un extraño presentimiento del que se quería asegurar, así que no protestó cuando fue seleccionada para ayudar a Gira y Rimú para buscar la siguiente reliquia.

—¿Qué sucede Naira? Has estado callada todo el camino —le preguntó Azalea acercándose a ella. Haida había cambiado con ella de lugar para apoyar a Félix. La dama de los venenos se sobresaltó cuando escuchó su pregunta, respiró hondo y le contestó con calma:

—Oh, no es nada, simplemente que, de repente sentí que alguien nos seguía hace rato y quería comprobarlo, pero al parecer fueron mis nervios o un simple animal.

Azalea se giró y, por unos instantes le pareció ver una sombra moverse entre las casas, pero era tan rápida que apenas pudo percibirla.

—Me temo que no son tus nervios. Puede que alguien de verdad nos esté siguiendo —comentó Azalea a su compañera.

Alertó al resto del grupo. Gira les ordenó que siguieran su camino hasta la casa del especialista. Ella se encargaría, con Naira, de quien fuera que les estuviese siguiendo. Solían llevarse muy mal en el pasado, pero desde que Gira asumiese su mando de capitana, las cosas habían cambiado un poco y ahora trabajaban juntas, de manera sincronizada. Cuando el resto del grupo se alejó lo suficiente, Gira y Naira se escondieron, una en la esquina de un callejón y la otra detrás de un monumento. Y cuando la sombra pasó justo frente a ellas, saltaron sobre quien resultó ser una persona.

—¿Quién eres y por qué nos sigues? —rugió Gira, amenazando al ser que Naira inmovilizaba con su cuerpo.

Lo único que escucharon fue un gemido bastante familiar.

—¡No me maten por favor! Soy yo, Micha. —Ambas se levantaron de golpe, sorprendidas. En el suelo estaba la rata de biblioteca acomodándose las gafas. Naira suspiró y le ayudó a levantarse. La regañó de inmediato—. ¿Se puede saber qué estás haciendo aquí? ¡Te dije que te quedaras en el barco…!

—Lo lamento, es que no pude evitar emocionarme por la posibilidad de conocer en persona la Montaña de Fuego Congelada de la que tanto he leído en las crónicas de Aetos. ¡Por favor, permitan que me quede! ¡Estoy segura de que puedo ser de ayuda! —había desesperación en su rostro, más que emoción, lo cual preocupaba mucho a Naira, quien miró a Gira de reojo, y notó que estaba mirando hacia el camino. Después de un rato de un incómodo silencio entre las tres, la capitana habló:

—Quédate, así nos ayudarás a buscar información —dijo. Micha sonrió y Naira suspiró. Las dos continuaron su camino para alcanzar a los demás. Al poco tiempo las siguió Gira, pero se volvía recelosa de vez en cuando hacia el camino que habían recorrido, como si sintiera que no era Micha quien les había estado siguiendo entre las sombras. ¿Por qué tenía un extraño presentimiento? De verdad deseaba que tan sólo fuese eso.

Ciertamente, entre las sombras una figura las observaba atentamente, con una sonrisa traviesa cruzando su rostro. Por fin les había encontrado. Era hora de divertirse un rato. Se escabulló entre los callejones de la ciudad.

La mayoría de los locales de la urbe parecían estar completamente cerrados, y algunas personas se asoman por la ventana para ver a los incautos que estaban fuera de sus casas, pese al frío que reinaba ahí.

—No dejan de mirarnos de esa manera problemática —afirmó Rimú—. No me extraña. Deben estar pensando que estamos locos por andar caminando por las calles con este problemático frío.

—Descuiden, ya llegamos —anunció Haida. Vieron que estaban frente a una casona antigua, adornada con diferentes artilugios metálicos en el exterior, lo cual mostraba que el habitante era un inventor o tenía un gusto demasiado extravagante en comparación del resto de los pobladores, cuyas casas, de dos pisos y pegadas unas a las otras, no sobresalían demasiado.

Rimú y Azalea sostuvieron a Félix, aunque este insistía en que podía caminar perfectamente, pues era su brazo el que había perdido, no sus piernas. Sin embargo no podía protestar cuando sus amigos querían ayudarlo.

Haida tocó la puerta. De inmediato abrió la puerta un hombre de cabello largo y pelirrojo que aparentaba unos treinta años de edad, pero cuyo temple y mirada indicaban que había vivido bastante tiempo.

—Bienvenido Haida. Hace tiempo que no me visitabas —comentó, abrazando sin dudar al cirujano. Después su mirada fue hacia Félix, ignorando por completo a Azalea y Rimú, quienes lo cargaban.

—Entonces ¿él es mi nuevo cliente? —hizo una pausa y observó la mutilación que había sufrido el muchacho—. Sí, ya veo que ha sido una gran pérdida. Tal vez tarde unas semanas en el procedimiento, pero estará como nuevo. Justo a tiempo para probar mi nuevo equipo.

—¡Oiga, deje de hablar como si mi hermano fuese un conejillo de indias…! ¿De verdad usted puede ayudarlo? —protestó Azalea, quien ya no aguantó más escuchar al pelirrojo; su hermano solo suspiró.

—Tranquila Azalea, mi querido amigo Kruv es un experto en el tema, no dejes que su forma de hablar te altere —explicó Haida y agregó en tono serio—: ¿Nos invitas a pasar? Hay mucho que hablar y este frío no ayuda a mi paciente.

—¡Oh…! Olvidé mis modales. Por favor, pasen —Kruv ayudó a Félix a pasar hasta el interior de la casa, amueblada, cálida, con lo que parecía ser un enorme estudio de trabajo.

Les indicó que sentaran a Félix en uno de los sillones cercanos y empezó a examinarlo detalladamente, mientras los otros se reunían en torno a una chimenea.

—De verdad es muy cálido dentro de las casas —apuntó Rimú— es evidente por qué no hay nadie en las problemáticas calles… ni en las casas.

—Es porque la vida de la ciudad se desarrolla en el subsuelo —explicó Kruv sin dejar de tomar medidas al cuerpo de Félix—. La parte superior de las casas suele ser solo dormitorio o sitio de reuniones. El resto de las actividades se hacen bajo tierra, gracias a una red de túneles.

—Espera, ahora que lo pienso, de camino aquí me pareció ver algunas alcantarillas que arrojaban un problemático humo —recordó Rimú—. Entonces ¿son más bien chimeneas y sistemas de calefacción?

—Correcto, esta misma casa está conectada a ese túnel. Ya los llevaré para allá en unos momentos —terminó de revisar a Félix y fue hacia lo que parecía ser una cocina, de donde regresó con bebidas caliente para todos.

—Ahora, creo que es momento de hablar de los verdaderos motivos que los trajeron a esta isla ¿cierto?

Rimú y los hermanos se pusieron algo tensos, pero Haida estaba muy tranquilo.

—Es correcto, venimos por la reliquia que aguarda en algún lugar de esta isla. ¿Nos puedes contar lo que sabes?

—Espere, antes de hablar de eso ¿no deberíamos esperar a que Gira y Naira estén aquí? —interrumpió Azalea—. Dijeron que alguien nos perseguía.

—No se preocupen, seguramente mi hermana las encontrará y las traerá para acá —les calmó Kruv, poniendo unas galletas en una bandeja.

—Sólo espero que no se metan en nada problemático —suspiró Rimú mientras tomaba una de las galletas y comenzaba a comerla.

—¿En dónde demonios se metieron...? —suspiró Gira perdiendo la paciencia—. ¡Les dije que esperaran...!

—De hecho, dijiste claramente que se adelantaran ¿no pensaste en que el único que sabe dónde vive el amigo de Haida es él mismo? —Naira se abrazaba a sí misma tratando de mantener el calor corporal y cubriéndose con su abrigo.

—¡Ese cirujano, debió haberme dado indicaciones! —protestó Gira—. ¡Odio este maldito frío...! ¿A quién demonios se le ocurrió tener una isla congelada en el archipiélago de Ignis?

—¿No le gusta nuestra isla? Seguramente es porque aún no ha probado nuestras deliciosas galletas hogareñas —la voz de una mujer a su lado les hizo ponerse en guardia y rápidamente apuntaron con sus espadas a una joven de cabello rojo largo.

—Linda forma de saludar a quien vino a ayudarles —dijo ella, sin perder la calma—. Soy Zaya. Vine a buscarlas por órdenes de mi hermano mayor Kruv, para avisarles que sus amigos ya están en mi casa.

Ambas mujeres apartaron las espadas, pero Gira no dejaba de mirar a Zaya con una extraña sensación que no podía entender.

—Fantástico, muchas gracias por tu ayuda —contestó Naira, alegrándose de poder abandonar el frío—. Vamos Micha, seguramente en esa casa encontrarás algunos libros.

No hubo respuesta.

Gira y Naira se dieron cuenta, hasta entonces, que Micha no estaba con ellas. Seguramente no las siguió y estaban tan distraídas discutiendo o quejándose que no se percataron de ello.

—¿Esperan a alguien más? —preguntó Zaya—. Solo estaban ustedes cuando llegué.

—¡Esa rata de biblioteca…! ¿En qué demonios está pensando, en perderse…? —rugió Gira furiosa.

—Me lo temía —dijo Naira—. Ha estado actuando raro últimamente, sobre todo cuando se enteró de que vendríamos a ese sitio, por eso quería venir a la misión. Parece que su excusa de querer leer libros era una mentira —estaba dolida porque su amiga nunca le había mentido antes—. Debemos buscarla.

—Sugiero entonces que primero vayamos a mi casa con los demás —dijo Zaya—. Hay que avisar al resto. También les daremos el equipo necesario para que puedan soportar una búsqueda por la ciudad y los túneles.

Ambas aceptaron y siguieron a Zaya hacia la casa de Kruv.

—¿Podrían describirme a la persona perdida? Soy bueno dibujando, y un retrato lo más exacto posible ayudará a encontrarla —les preguntó Kruv cuando Gira y Naira se reunieron con el resto, quienes quedaron igual de sorprendidos de que Micha estuviese perdida. Después de todo, era la que menos problemas solía dar a la tripulación.

Haida y Naira detallaron las características principales de Micha y Kruv comenzó a dibujar el retrato. Cuando lo terminó, todos quedaron maravillados por lo exacto que era. Sin embargo notaron que Kruv lucía muy pálido.

—¿Qué sucede? ¿Se te acabó la tinta? —preguntó Gira de mal humor.

—No es eso —respondió Kruv y preguntó—: están absolutamente seguros de que este es su aspecto actual ¿verdad?

Esto confundió aún vez más a todos.

—¿Por quién nos tomas? —protestó Naira—. ¡Llevo mucho tiempo conviviendo con ella y sé perfectamente como es!

Pero Kruv no hizo caso a sus palabras y comenzó a buscar entre los bocetos, sobre una mesa hasta que encontró un dibujo que deseaba. Les mostró un retrato donde se veía a una mujer muy parecida a Micha, pero sin lentes, más adulta y con una mirada fría.

—Esta es Tzla, la doncella del hielo, actual gobernadora de la ciudad de Catle —reveló al extenderles el retrato recién pintado de Micha—. Y su joven amiga es el vivo retrato de su hermana gemela, Zaena que desapareció hace diez años.

Fue como si todo lo que creían saber sobre Micha se rompiera en el interior de sus amigos.

Solo había una enorme casa a las afueras de la ciudad. A diferencia de las otras, había sido constRuida hacía relativamente pocos años, pero aun así el interior era desolado y frío.

Una mujer de largo cabello café observaba el retrato de otra mujer, muy hermosa, colgado en la pared.

—Supuse que te encontraría aquí —dijo una voz a su espalda—. Aunque me sorprendió encontrar que nuestra antigua guarida secreta se convirtió en una enorme mansión.

La mujer se giró para ver a quien había hablado: una joven de lentes que entró en silencio.

—¡Ha pasado tanto tiempo Tzla…!

—Ya era hora de que volvieras, Zaena ¿por cuánto tiempo pensabas dejar esperando a nuestra madre? —replicó fríamente Tzla, dándole nuevamente la espalda para continuar viendo el retrato. Zaena subió las escaleras y se colocó a su lado para mirar la imagen.

—Lo siento madre, tardé más de lo que esperaba, pero ¿sabes? Tengo muchas historias que contarte ¿Por dónde empezar? ¿Por Las aventuras de la Audaz Navegante? ¿O por la travesía del Cuervo Negro? ¿O qué tal las aventuras de Micha, la rata de biblioteca?

Y sus lágrimas empezaron a caer mientras su hermana mayor tomaba con gentileza su mano.

—Bienvenida a casa Zaena.

Las hermanas se abrazaron frente al retrato de su madre, una hermosa mujer de cabellos azulados y mirada profunda.

CAPÍTULO XVIII
LA TORRE SOLITARIA

Esta es una historia que ocurrió hace diez años.

Una mujer de cabello azulado mira por el ventanal de la torre en la que se encuentra. Ha permanecido encerrada desde hace mucho tiempo. Quisiera ser libre, pero no puede abandonar a sus dos queridas hijas, quienes viven ahí, confinadas, con ella.

—¡Madre! —dice una pequeña niña de gafas—. ¡Tzla me está molestando…!

—¡No es cierto! —su hermana mayor se acerca de mal humor—. ¡Solo le pedí prestado uno de sus libros!

—¡Y lo rayaste! —se queja la pequeña Zaena—. ¡Era mi favorito! No creo poder recuperarlo si nunca salimos de aquí.

—Calma chicas —su madre habla con tranquilidad; las niñas se calman automáticamente—. En algún momento de la semana vendrán a darnos más libros. Hasta entonces, tendremos que contenernos con lo que tenemos ¿sí? Y por supuesto, sean buenas hermanas entre ustedes.

Ambas asienten, rodean a su madre que comienza a contarles un cuento. Sus historias siempre hablan de lugares lejanos e incluso de leyendas de sitios que ya no existen. Para sus dos hijas, que no habían visto nada más fuera de la torre, esas historias eran maravillosas.

La torre solitaria, como solía ser llamada, era una edificación en medio de un enorme castillo constRuido hacía mucho tiempo sobre un templo, pues anteriores reyes no creían que un dragón de fuego habitara ahí. Durante mucho tiempo Tzaena ha sido la protectora del templo oculto bajo el palacio. Por ello varios reyes buscaban su sabiduría, le pedían consejo. Ella les ofrecía prosperidad para el reino y se encargaba de mantenerlo en calma.

Pero los tiempos iban cambiando y un nuevo linaje llegó para quedarse en el poder. Y sus ideas eran muy radicales.

Empezaron a esclavizar a tosan y noctámbulos para extraer minerales en las minas subterráneas. Encerraron en una torre a Tzaena, manteniéndola con vida solo por su sabiduría y temor a su poder.

Tzaena estuvo viendo desde su torre la destrucción y degradación de las tierras que siempre amó. Podía escuchar los lamentos de los tosan que morían dentro de las minas. Sabía que tarde o temprano éstos y los noctámbulos topo se revelarían contra del rey. Pero ella no podía salir de la torre, aunque lo deseara. Pese a querer ser libre, debía mantenerse cerca del templo ya que, si bien no todos lo sabían, en las profundidades del mismo dormía el dragón de fuego, y si llegaba a despertar, toda la isla quedaría destruida.

Ese día llegó, y fue cuando el destino de ella y el de la isla fue sellado. El rey de esa época cruzó los límites prohibidos de la torre; quedó cautivado por la belleza de la sacerdotisa y, aunque ella se negó, esa noche la recordaría siempre como una pesadilla, pese a haber visto cosas terribles en su larga vida.

El tiempo pasó y nacieron sus hijas. Al principio ella no sabía cómo sentirse al verlas, no sentía apego emocional por su nacimiento, pero cuando se enteró de que si no se quedaban con ella seguramente serían arrojadas a su suerte en las calles, pues la realeza y el rey no aceptarían su existencia, fue cuando decidió criarlas a ambas en la torre.

Dejó de sentirse sola por primera vez en su vida. Siempre había estado sola al tener que cumplir con su rol de guardiana del templo. Había convivido con varias personas que fueron muriendo, pero ahora tenía a sus dos hijas y terminó amándolas; las nombró Tzla y Zaena, apelativos derivados de su propio nombre.

Las tres no podían salir de la torre, se mantenían entretenidas con libros e historias que contaba Tzaena, pero un día todo eso cambió.

—¡Madre, hay un intruso…! —había alertado Tzla mientras entraba corriendo a la habitación. Las únicas visitas que llegaban a la torre eran las de un cocinero cada cierto tiempo y una persona que les proveía de libros y ropa, visitas bajo estricta vigilancia y de poca duración. Por eso cuando Tzla avisó sobre que había visto a alguien, Tzaena se puso en guardia. ¿Quién vendría de visita y cómo había pasado el control?

Tzaena tuvo un atisbo de esperanza. Siguió a su hija hasta la parte baja de la torre, completamente sellada para que nadie pudiera entrar. Las visitas permitidas lo hacían por un puente fuertemente vigilado, conectado a una puerta pisos más arriba.

Abajo encontró la madre a Zaena hablando con alguien que de inmediato reconoció como un tosan, por su estatura baja y aspecto tosco, derivado de estar trabajando la tierra.

—Oh, madre, sé que no debía bajar tanto de la torre, pero escuché un Ruido y nos encontramos con este señor.

—Luego hablamos de eso Zaena —le dijo con seriedad y ella calló—. ¿Quién es usted y cómo entró aquí?

El tosan hizo una pequeña reverencia antes de presentarse.

—Lamento si interrumpí de esta forma. Mi nombre es Tody. Soy un tosan que trabaja en la mina. Si le soy sincero, estoy trabajando en un proyecto secreto para entrar al palacio, pero parece que me equivoqué en los cálculos del túnel y acabé aquí.

—Sabes que si se revela la existencia de este túnel, tu cabeza rodará ¿verdad? —advirtió Zaena muy seria. Tody tembló.

—Lo sé, pero tenía que hacer algo. ¿Sabe que el rey ha aumentado los impuestos por tonterías? ¡La vida en nuestra aldea se ha vuelto infernal...! ¡Necesitamos cambiar esto de una buena vez...! Y puede mandarme a la horca, pero no cambiará que la chispa de nuestra revolución está encendida.

—¿Incluso si su vidas están en riesgo por ello? —las dos hijas de Zaena nunca habían visto a su madre tan seria.

—¡Si voy a pasar toda mi vida como esclavo en esa mina, prefiero morir...! —los ojos del tosan casi brillaban de determinación—. Ya puede hablarle a los guardias, señorita. Estoy listo para morir.

Pero para sorpresa del tosan, la mujer no hizo ademán alguno de llamarlos.

—No lo haré. Después de todo, nadie entra a este lugar Tuviste suerte de que de todos los lugares a los que llegó tu túnel, esta torre sea el más solitaria de todos. He visto tu determinación y he decidido que es hora de que, aunque vaya contra mi postura como guardiana neutral, actúe.

Y ese día, todo empezó a moverse. Tzaena se alió a los tosan y noctámbulos para armar una revolución contra la nobleza y régimen del rey Nigrinus.

—Tengo miedo —dice Zaena mientras se aferra a la mano de su hermana—. Esta será la primera vez que salgamos de la torre ¿qué tal si nos descubren y nos castigan?

—Estaremos bien. Ahora mismo los guardias están ocupados luchando, en la batalla contra los tosan y noctámbulos. Además, estamos usando el pasadizo secreto que hizo Tody hace unos meses.

—Pero nuestra madre nos dijo que nos quedáramos en la torre hasta que ella volviera. ¿Qué tal si vuelve y no nos encuentra? ¡Estará preocupada y enfadada!

—Creo que estará más aliviada si no nos encuentra, ¡por fin será libre de nosotras! —replica Tzla con tristeza.

—¿De qué estás hablando? ¡Nuestra madre siempre nos ha querido...! —protesta Zaena a punto de llorar.

—¡No es así! —le responde Tzla con lágrimas en los ojos—. ¡Lo escuché decir a unas de las cocineras que nos visitaron...! ¡Somos las hijas bastardas del rey...! ¡Nacimos de una relación que hizo sufrir a nuestra madre...! ¡Ella sólo nos mantuvo a su lado porque la obligaron! ¿Qué no lo ves? ¡Estaba muy emocionada cuando apareció Tody en nuestras vidas...! ¡Encontró la forma de escapar de esta torre y vengarse del hombre que le hizo daño!

Zaena ya estaba llorando. Terminaron de cruzar el túnel y salieron, por primera vez en su vida, al exterior.

Lo que encontraron fue un bosque helado. Taparon con cuidado la entrada al túnel y empezaron a caminar pensando a dónde deberían ir.

—¿A dónde iremos ahora, hermana? —pregunta Zaena con tristeza—. ¡Estamos muy cerca del pueblo! Si nos ven los guardias, no quiero saber qué nos harán…

—¡Iremos al puerto y nos haremos a la mar! ¿Qué tan complicado puede ser? ¡Hay muchas historias de aventuras en esos libros! —propone Tzla animada—. ¿No era tu sueño volverte pirata y viajar por el mundo?

—Pero esos son libros ¿de verdad crees que podremos salir al mar sin tener idea de navegación? —pregunta Zaena—. ¡Moriremos! ¡Apenas somos unas niñas! Y además, nunca encontraremos un barco ¡todos se han ido o fueron destruidos por los guardias para impedir que la noticia de la revolución se esparza…!

—Bueno, entonces vamos a buscar la manera de entrar a alguna de las casas, empieza a anochecer y hará mucho más frío —dice con resignación Tzla. Las hermanas buscan la manera de acercarse al pueblo sin ser vistas por los guardias que, ellas no lo saben, tienen estrictas órdenes de dispararles a matar.

Esa noche todo cambió para La Isla del Fuego Congelado, quedó grabada en la mente de los habitantes, incluso de aquellos que tras esas horas nocturnas escaparon de la isla y no volvieron jamás.

El rey ordenó a sus guardias que mataran a todos los tosan y noctámbulos topo rebeldes, haciendo explotar la mina en donde se refugiaban. Y el cumplimiento de esa orden fue la condenación total. Si la realeza de la isla se hubiera tomado en serio la existencia del dragón de fuego, tal vez Nigrinus habría considerado que explotar una bomba sobre la caverna donde duerme uno, no era muy buena idea.

—El número de muertes por la explosión y el despertar del dragón todavía se sigue contando, incluso diez años después —detalló Kruv a quienes escuchaban el relato en el presente—. En las minas no sólo murieron noctámbulos topo y tosan, también nautas aliados a ellos, y por supuesto soldados del mismo rey. Yo llegué a esta ciudad hace unos años por petición de uno de mis amigos, pues varios de los heridos necesitaban mis servicios —agregó—. Por eso no verán mucha gente en las calles. Los que quedan son sobrevivientes de ese incidente. Muchos otros se fueron de la isla.

—Pero el despertar de un dragón habría envuelto al mundo en una problemática locura ¿no es cierto? ¿Cómo no se hizo público todo lo que pasó? Estamos hablando de una masacre y un dragón despertado. ¿Acaso Heishi Mare no intervino? —interrumpió Rimú.

—Me temo que si mis cálculos son ciertos, en ese momento Heishi Mare estaba mucho más ocupado en sus propios problemas —dice Haida—. Tanto la guerra contra el Capitán Tenebroso como la guerra civil de Luminor se estaban dando por esos años.

—Pero aunque eso fuera cierto, el dragón habría causado estragos ¿no es cierto? Acabamos de conocer a una sacerdotisa que dio su vida con tal de que no despertara el dragón de su isla. ¿Y me dices que uno si llegó a despertar aquí? —pregunta Azalea recordando a Mesha.

—Lo cierto es que no llegó a despertar del todo —explicó Kruv— esto me lo contaron la misma Tzla y Taka, la representante de los nautas, y de los tosan y noctámbulos, pues en su memoria aún están profundamente grabados los acontecimientos de esa noche.

—Esa noche las perdí a ti y a nuestra madre —recordó Tzla sentada cómodamente en un sillón al lado de su hermana—. Tal vez construí esta casa como un sueño, pensando que sería aquí donde podríamos vivir las tres. Creo que desde ese día dejé de sonreír de verdad.

—Pero aun así, luchaste por proteger este reino en nuestra ausencia y ahora eres gobernadora ¿cierto? —Micha sostenía su mano mientras escuchaba el relato.

—Mamá estuvo dispuesta a morir por proteger estas tierras. Tenía que volverme fuerte y ayudar en su restauración. Diez años han pasado, pero todavía hay heridas que no se han cerrado del todo. Sin embargo Taka, como representante de los tosan y Kua, la líder de los noctámbulos topo han sido de gran ayuda; ambos perdieron a muchos en ese incidente, pero en vez de buscar venganza, querían restaurar el reino y volverlo más próspero.

—¿Quieres seguir hablando de esa noche? Yo tengo recuerdos vagos, tal vez porque mi mente aún se niega a aceptar lo que pasó —comentó Zaena con tristeza—. Solo recuerdo estar en el mar con Tody, en dirección hacia Luminor. Él me contó que nuestra madre se había sacrificado para salvar la isla, pero que como tuvimos que huir de prisa, no sabía qué te había pasado a ti —sus lágrimas empezaron a caer—. Tiempo después, ya en Luminor, nos enteramos de cuál era la situación real, pero todavía era muy peligroso para volver a nuestro hogar. Y más para Tody, quien fue el líder de la revolución, por lo que nos quedamos en Luminor durante un tiempo, hasta que yo decidí tomar mi propio camino y buscar la forma de volver a casa. Fui de barco en barco hasta llegar a Isla Naufra, donde formé parte de La Audaz Navegante. Tal vez habría llegado antes, pero sentía que todavía no era tan fuerte como para enfrentar la verdad. Tal vez, en el fondo, solo tenía miedo de ella.

Sus manos temblaban.

—Y entonces, empezamos a juntar las reliquias y fue cuando me di cuenta de que no podía seguir posponiendo el mostrar quién era en realidad. Les debo una enorme disculpa a mis amigos, pero estoy dispuesta a recibir sus regaños.

—Entonces, es hora de que te cuente lo que pasó esa noche —replicó Tzla muy seria—. Te hablaré de por qué nos separamos, y de la decisión de nuestra madre de protegernos a nosotras y a la isla entera.

Aún recuerdo el hedor del viento, incluso en el frío helado: olía a muerte y destrucción. Nosotras no estuvimos involucradas con la acción que llevó a la explosión, por suerte, pues el lugar donde decidimos escondernos estaba muy lejos de ahí, pero sí recuerdo que salimos corriendo por el temblor que provocó. Y cuando salimos lo único que vimos fue caos, personas corriendo y gritando, nautas como nosotras pero también noctámbulos y tosan. En ese momento a nadie le importaba quién eras, todos escapaban de la confusión hacia el puerto o hasta donde sus pies se los permitieran.

Fue cuando ambas vimos el palacio y la torre arder entre las llamas. No sabíamos qué estaba pasando, pero era evidente que esas llamas no eran parte de la explosión, sino algo mucho peor.

—¡Mamá! —gritaste y corriste en esa dirección. Yo traté de alcanzarte pero la muchedumbre me apartó de ti. Ese fue el último día en que te vi. Lo que sigue, me lo contó Kua, pues ella estuvo ahí.

—¿Qué vamos a hacer sacerdotisa? ¡Hay muertos y heridos por todos lados! ¡No tendremos tiempo de evacuar a todos si el dragón despierta! —explicó Kua, una noctámbula topo, que al igual que todos los de su raza, es semiciega fuera de su ámbito subterráneo pero se guía muy bien en la oscuridad.

—No se preocupen, haré lo necesario para evitar que el dragón despierte —la tranquilizó Tzaena. Su rostro se mantiene sereno pese a estar herida y cubierta de cenizas—. Me aseguré de que mis hijas no estén en la torre, sino a salvo. Por primera vez me desobedecen y agradezco mucho que haya sucedido así —sonrió aliviada—. ¿Puedo pedirte que te encargues de llevarlas fuera de esta isla? Merecen vivir lejos de este sitio, ser libres de hacer sus vidas.

—Yo me encargaré —prometió Kua—. En este momento Tody las está buscando por la isla desde que usted nos dijo que se habían escapado de la torre, pero con el caos que ha provocado la explosión no sabemos qué les pudo haber pasado.

—Están bien, lo sé —Tzaena cerró los ojos—. Uno de mis poderes como guardiana siempre ha sido sentir la presencia de cada habitante del lugar. No sé dónde están, pero puedo percibir si están con vida o no —secó unas pequeñas lágrimas de su rostro—. Y en estos momentos estoy sintiendo todo el dolor de este lugar. Cada muerte llega a mí, y me hace darme cuenta de que tomé una mala decisión al no intervenir antes de que las cosas explotaran.

—Pero usted nos ayudó, evitó varias veces que nos mataran —le recordó Kua—. ¡Sin usted nos habrían matado mucho antes! ¡Y nos hizo volver a amar este país…! ¡Gracias usted queremos crear uno nuevo, donde todos seamos iguales y podamos vivir en paz!

—Lo hice —confirmó Tzaena—. Pero si hubiese intervenido antes, habría evitado mucho dolor a varias personas. Eso es un hecho que no puede cambiar. Pero ahora, es momento de partir. Por nada del mudo el dragón debe despertar. El solo hecho de que el palacio esté en llamas quiere decir que puede estar empezando a despertar. Debo evitar que eso suceda, pero debo ir sola, Kua. Te confío a mis hijas.

Tras decir eso se internó en el sendero que iba hacia el palacio en llamas.

Kua no la siguió, pero tuvo un escalofrío durante unos segundos, el cual atribuyó a que, por el caos de la explosión, sus sentidos se habían estropeado un poco. Se alejó en dirección contraria para ayudar a los heridos.

Zaena salió de entre unos arbustos con el rostro empapado en lágrimas: su madre había estado preocupada por ellas y estaba aliviada de que estuvieran bien. ¡Su rostro no mentía! ¡De verdad las quería! Pero ahora, tenía miedo por otro motivo: su madre iba a hacer algo muy peligroso y no podía dejarla sola. ¡Era su deber protegerla!

Y nadie vio a la niña seguir el sendero por el que su madre se alejó minutos antes.

—Nadie sabe con exactitud que pasó cuando alcanzaste a nuestra madre, ni que viste, pero debió haber sido tan fuerte que te desmayaste —recordó Tzla—. Kua me dijo que la última vez que vio a Tody, éste te cargaba en sus brazos. Le dijo que te encontró en las afueras del palacio, arropada con una manta. Nuestra madre se aseguró de que estuvieses a salvo, antes que nada. Tody tenía que desaparecer lo más pronto posible, porque como líder de los revolucionarios sería perseguido y habría muchas preguntas, por lo que, cumpliendo el deseo de nuestra madre, te sacó de la isla y te llevó a Luminor. Originalmente también yo iba a ir en ese viaje, pero como me encontraron hasta después, no pudo ser. Y yo les dije que deseaba quedarme a ayudar. Creo que en el fondo, confiaba en ustedes dos, en que volverían a casa un día cualquiera y volveríamos a ser felices, ahora libres de esa torre.

Zaena cerró los ojos, tratando de recordar algo de esa noche, buscando en lo más profundo de sus recuerdos, porque incluso si eran recuerdos dolorosos, debían estar ahí, en algún lado.

En el castillo en llamas, una mujer de cabellos azulados avanzaba hasta el centro del recinto, donde se encontraba el trono ahora vacío. El rey Nigrinus había escapado hacía tiempo. El resto de la gente murió abrasada por las llamas del dragón.

La mujer cruzó el trono, llegó hasta una habitación sellada que no parecía afectada por la destrucción exterior.

—Ha llegado la hora, espada sagrada, de cumplir tu labor para mantener el sello —dijo tomando el arma que estaba encerrada en el hielo. Lo tocó y el hielo comenzó a expandirse, desbordando su sello.

Para los que miraban desde el lejos, fue como un sueño, pues vieron como las llamas del castillo eran tragadas por una enorme masa de hielo que se extendía por todos lados y cubría también a la torre.

El hielo incluso se internó en el subsuelo hasta llegar a donde dormía el dragón que comenzaba a despertar. El hielo lo aprisionó y provocó que volviera a dormir, completamente congelado, pero también totalmente vivo. Para el dragón de fuego fue como si le cantaran una canción de cuna y no se movió más.

En la parte superior, Tzaena caminaba por el castillo de hielo, sosteniendo la espada entre sus manos. Cuando iba a sentarse en el trono para sellarse con la reliquia, ocurrió algo que no esperaba.

—¿Madre? ¿Qué está pasando? Primero hacía mucho calor y ahora todo está congelado —le preguntó Zaena, tratando de acercarse a ella.

Su madre sonrió con tristeza. Colocó la espada al lado del trono y se acercó a su hija para abrazarla.

—Querida Zaena, mamá tiene que dormirse por un rato. Mientras estoy dormida ¿puedes hacerme un favor?

—Sí, madre, haré lo que sea —le respondió la niña sonriendo—. ¡Pero vuelve con nosotras! Ahora somos libres de la torre y podremos vivir aventuras.

—Mi querida Zaena, desgraciadamente no podré acompañarlas pero ¿me prometes que cuando puedas, vendrás a contarme todas esas historias? Ahora es tu turno de contarme las historias de tus viajes por el mundo ¿Me prometes que lo harás?

—¿Yo, contadora de historias? Seguro no son tan interesantes como las tuyas—le contestó Zaena, triste.

—Estoy segura de que encontrarás personas a las que les agraden tus historias y enriquezcan tu conocimiento. ¡Quién sabe…! ¡Tal vez incluso puedas llegar a conocer a Aetos, que se dice es el cronista más joven de su generación! —trató de animarla su madre.

—¡Entonces lo haré, madre, buscaré por todo el mundo todo tipo de historias y vendré a contártelas!

Zaena sonrió con dulzura y besó su frente.

—Estaré esperando, mi querida Zaena.

Y antes de que la niña pudiera reaccionar, utilizó sus poderes para dormirla. Cruzó con ella en brazos el palacio congelado. En una manta que encontró entre las Ruinas, colocó a su hija con cariño en una banca del jardín del palacio, donde, confiaba, la encontrarían.

Y entonces, con determinación en la mirada, caminó de nuevo al interior del palacio y nadie volvió a escuchar su voz.

—Desde entonces, Tzaena ha mantenido el sello que aprisiona al dragón. Del palacio solo quedan Ruinas congeladas en el tiempo—les explicó Kruv—. Pocos han intentado acercarse, pero hemos tenido que lidiar con ladrones y saqueadores que, realmente no se pueden llevar mucho: todo está completamente congelado y si no, se perdió cuando el fuego arrasó con lo que había. Después de eso, los sobrevivientes reconstruyeron esta ciudad y la urbe subterránea se conectó con ésta. Ahora los nautas, noctámbulos y tosan conviven en armonía, aunque hay heridas que todavía no cierran del todo: se trata de no inculcarle ese odio anterior a las nuevas generaciones.

—Después de todo, si algo aprendí de la señorita Tzaena, fue que los niños no tienen por qué sufrir por los problemas de sus padres —aseguró una mujer. Entonces, todos se percatan de su presencia.

—¡Oh, Kua…! Me alegro de que ya hayas llegado ¿cuánto tiempo llevas aquí? —Kruv le ofreció un asiento.

—Desde hace rato, pero no quería interrumpir tu relato —respondió Kua, una noctámbula topo de estatura mediana, manos largas y ojos blancos—. ¿Entonces es verdad que Zaena ha vuelto? ¿En dónde está ahora?

—Mandé a Zaya a buscar información al respeto, pero seguramente estará con su hermana. Es lo que les dije a sus amigos para calmarlo ahora que se están haciendo las pesquisas —les informó Kruv.

Y justo acababa de decir esas palabras cuando Zaya entró en la habitación.

—En efecto, Zaena y Tzia están juntas, me dijeron que se reunirán con nosotros en El Palacio Congelado.

—¿Qué…? —protestó Gira—. No solo nos miente y oculta cosas, sino que ahora ¿nos hace ir a su casa congelada para hablar? ¡Esa rata de biblioteca tendrá que explicarnos muchas cosas…!

—Por favor, Gira, estoy segura de que tuvo sus buenas razones —le comentó Naira, quien tenía sentimientos encontrados respecto a lo que sucedía.

—Oficialmente podemos decir que ningún miembro de la tripulación del Cuervo Negro se salva de tener un problemático pasado ¿no? —opinó Rimú, tratando de animar el ambiente.

—Pareciera que el requisito es tener problemas con tus padres o haberles perdido —comentó Azalea. Todos comenzaron a reír.

—Y bien ¿por qué no nos vamos? ¿O tengo que esperar la historia de origen de alguien más? —se impacientó Gira.

—Ahora que lo dices —respondió Félix, como si recordara algo—. Ortua me contó el otro día que...

—¡Suficiente, hay que largarnos...! —Gira salió corriendo del lugar antes de escuchar alguna palabra más, seguida de Naira y Rimú, a quienes alcanzaron Kaya y Kua, pues guiarían su camino.

En la casa se quedaron Azalea, Félix y Haida acompañados por Kruv.

—¿Y cuál es la historia de origen de Ortua, entonces? —preguntó Azalea con curiosidad.

—Ninguna. O si la tiene no me la contó. Tan sólo me dijo que no olvidáramos llevarle recetas y manjares de esta isla —contestó Félix sonriendo.

—Hermano, no te está haciendo nada bien juntarte con esta tripulación —comentó Azalea, riéndose—. Son muy mala influencia.

—Mira quién lo dice —respondió su hermano. Se quedaron charlando. Kruv y Haida los dejaron solos.

—Y bien ¿de qué querías hablar? —preguntó Haida.

—Tengo pistas sobre el paradero de Elliot —reveló con seriedad Kruv—. Por fin se dejó ver después de tantos años.

Haida no se esperaba esa revelación.

—¿Estás seguro? Nunca ha dejado pistas.

—Nunca las deja al menos que quiera que lo encuentren. Lo único que sé es que se le vio rondando por Luminor.

—Bueno, es un alivio saber que está de este lado de la barrera pero ¿por qué Luminor? Después de lo que pasó, dudo mucho que sea uno de sus lugares favoritos.

—No lo sé. Las acciones de Elliot siempre han sido un misterio. Aetos lo describió como "el navegante sin rumbo"; por algo será. Nunca sabes que está tramando. Pero es evidente que planea algo grande contra los Hijos de la Luna —replicó Kruv seriamente—. Ojalá confiara más en nosotros.

—El único alivio es que sé que está de nuestro lado.

Se quedaron charlando mientras afuera empezaba a caer la nieve con intensidad.

Un copo de nieve voló sobre la cabeza del grupo de Gira que estaba por ingresar a una de las entradas a los subterráneos, siguió flotando y se internó en las profundidades de la montaña, en un sitio al que nadie ha accedido nunca. Paró en lo alto de un abedul enorme, cuyas hojas se congelaban y quemaban al mismo tiempo. Ahí se desintegró por completo.

CAPÍTULO XIX
LA ESPADA EN EL HIELO

Tuvieron que pestañear varias veces para asegurarse de que no estaban soñando. A diferencia del frío y opaco color blanco de la parte superior, la aldea que estaba frente a sus ojos ahora era colorida y llena de vida.

—Bienvenidos a la ciudad minera de Galemys, ahora adaptada para que también los nautas de Cetle puedan vivir aquí —les explicó Kua—. En estos diez años, hemos hecho muchas modificaciones para que todos podamos vivir en paz.

Era como ver una ciudad creciendo de cabeza: del techo de la caverna sobresalían algunas casas y, por su posición era evidente que algunas continuaban las de la ciudad anterior. Eran las de los nautas. Las de los tosan y noctámbulos topo tenían otra forma y estaban incrustadas en la roca, simulando cavernas. Además de los noctámbulos topo, también había otros noctámbulos, como los noctámbulos comadreja y noctámbulos conejo que llegaron a vivir a esa urbe en los últimos diez años.

—Es más grande de lo que imaginé —comentó Naira, observando los alrededores.

—Comenzó como una mina, pero después del desastre de hace diez años, cuando iniciamos las reconstrucciones, decidimos unir ambas ciudades. Así quedó —una voz llamó su atención—. Bienvenidos.

—Este es Taka, mi marido, gobernador de los tosan —Kua se acercó a él—. Creí que estarías ocupado en tus reuniones.

—Sí, solo pasé rápidamente a saludar a nuestros invitados —comentó Taka con una sonrisa tranquila. Se veía más jovial y animado que su esposa—. Espero que disfruten de esta ciudad.

—Se lo agradecemos, pero no podremos quedarnos mucho tiempo —les contestó Gira —pero me alegra saber que es más cálida que el exterior.

—Después de todo, estamos más cerca del volcán —recordó Taka—. No lo parece, pero en lo más profundo, incluso más que el mismo lugar donde duerme el dragón, hay lava activa y en constante movimiento.

—Vaya, eso me pondría los pelos de punta —aseguró Rimú— pero parecen estar muy tranquilos, aunque tienen un volcán activo, pero congelado al mismo tiempo. Es todo problemático…

—Ya estamos acostumbrados —sonrió Taka—. Eso es lo menos terrible que ha pasado en esta isla. —Se despidió de ellos, no agregó más, pues tenía que atender otros asuntos.

—Mi esposo fue uno de los pocos sobrevivientes de esa explosión —explicó Kua mientras guiaba a Naira, Rimú, Zaya y Gira por la ciudad, rumbo a la zona más profunda de la caverna—. Pero su familia no sobrevivió. Aun así se anima, tratando de mantener la paz entre los habitantes.

Antes de que alguien pudiera decir algo, cuando cruzaron la puerta de la caverna, de inmediato sintieron que el ambiente cambió. Se encontraban frente a una mina llena de tumbas.

—Aquí fue donde inició la explosión. Esa noche los rebeldes se preparaban para asaltar el castillo —detalló Kua— pero subestimamos hasta dónde podía llegar el rey por mantenerse en el poder.

—Ahora que lo pienso, en el relato que nos contaron no nos dijeron que fue de ese problemático rey ¿murió con el incendio del castillo?

—No, logró escapar. Pero no por mucho tiempo. Fue capturado mientras vagaba por la nieve. Sus subordinados lo dejaron a su suerte. Lo encerramos en prisión y esperábamos llevarlo a Heishi Mare para que fuese juzgado pero —Kua cerró los ojos— murió de hipotermia en prisión. Ese fue el final del linaje de Nigrinus, pues nunca tuvo hijos, o por lo menos no legítimos.

Nadie dijo nada. Para todos aún era confusa la revelación del pasado de su amiga Micha, o Zaena, como se llamaba en realidad.

Cruzaron el cementerio y entraron a otro túnel más oscuro. Ahí, para ver se valieron de los poderes de Zaya para crear llamas y de la habilidad innata de moverse en la oscuridad de Kua.

Y entonces sintieron un frío abrumador, distante al calor que habían sentido en la ciudad, pero soportable por la ropa abrigadora que llevaban. Mas eso no era lo que les helaba la sangre, sino lo que sus ojos veían: un pozo sin aparente fondo, que emitía un ligero calor si uno se acercaba, pues en las profundidades había lava activa. Si llegaban a resbalar con todo el hielo que les rodeaba, sería una caída a una muerte segura.

El hielo cubría toda la habitación, exceptuando unas largas escaleras que parecían conducir a la parte superior. En el centro del abismo vieron al dragón de fuego totalmente congelado, y si no fuera porque parecía respirar dentro del hielo, no se habrían dado cuenta de que dormía.

—Cuando hablaste de un dragón, yo pensé más en un reptil —comentó Gira—pero lo que estoy viendo parece más un enorme conejo con escamas.

—Es un teporingo. Se dice que los conejos y otros de la misma familia, fueron creados por él dragón en los primeros años de existencia del planeta—explicó Kua—. Pese a que los dragones tienen ese nombre, no necesariamente son reptiles, aunque me parece que dos de ellos lo son.

—Supongo que uno de esos es la Serpiente Emplumada —opinó Naira—. Espero que Lune y Maya no estén teniendo problemas.

—Como sea, es mejor seguir nuestro camino —les propuso Zaya— al menos que quieran quedarse a ver si despierta el dragón.

Continuaron su camino, subiendo por la escalera que llevan a la parte superior y parecía no afectada por el hielo. Se veía antigua. Podría haber sido creada incluso antes del mismo palacio, pues, como ya les habían explicado, éste fue edificado encima del antiguo templo del fuego.

Habían pasado algunas horas cuando salieron a la superficie. La luna brillaba en el cielo. La tormenta había terminado. Se quedaron pasmados al ver el enorme palacio congelado, aunque gran parte de él ya eran Ruinas. Solo sobresalía una enorme torre.

Naira apartó la vista, pues verle le hacía pensar en la historia de la familia de Micha y su encierro en ese lugar. Empezaba a comprender algunos comportamientos de su amiga y deseaba volver a verla.

—Aquí nos despedimos —les anunció Kua—; este lugar me provoca mucho dolor y no deseo seguir aquí.

—Gracias por todo, Kua. Estaremos bien a partir de ahora —le contestó con respeto Zaya—. Yo me encargaré de llevarles al trono.

—Bien, saluden a las hermanas por mí. —Tras decir eso Kua dio media vuelta y se marchó. Seguramente tomaría otro camino para volver a casa, uno por el cual solo una noctámbula topo podría pasar.

Ingresaron al palacio teniendo cuidado de no resbalar y entonces, justo en el centro, en un sitio que antaño había sido la sala real encontraron lo que buscaban.

—Oh, bienvenidos —les dijo Micha con una sonrisa tranquila—. Estaba leyendo el diario de mi madre mientras esperaba —cerró el libro que tenía en las manos—. Bueno, supongo que tienen muchas preguntas, pero antes que nada, les presento a mi madre.

Y se apartó para que pudieran ver a la persona que estaba sentada en el trono, una hermosa mujer de cabello azul.

Rimú sintió vértigo al recordar la última vez que vio a Mesha. Naira y Gira, por su parte, lucían muy sorprendidas.

—¿Por qué demonios tu madre se parece a Leiya? ¿Quién es en realidad? Y más importante ¿cómo se supone que te llamemos ahora? —preguntó Gira con las emociones confundidas.

—Es una historia muy compleja que tampoco entendía en un principio —les explicó Micha— Supongo que ya saben más o menos la historia, pero me presentaré formalmente: soy

Zaena, hermana de Tzla e hija de Tzaena, la sacerdotisa del Templo del Dragón de Fuego. Mi madre, igual que Leiya es una atlante original.

Era evidente que aquella revelación confundió más a sus amigos.

—Les contaré los detalles más tarde —les prometió Zaena, sin soltar su libro—. Ahora es más importante conseguir la reliquia.

Entonces se percataron de algo que habían pasado por alto cuando vieron a Tzaena por primera vez: también sostenía una espada entre sus manos.

—¿Y cómo vamos a sacarla? —cuestionó Gira.

—Gracias al diario de mi madre, aquí vienen las palabras que hay que decir para lograrlo —replicó Zaena y comenzó a recitar unas palabras en una lengua desconocida para la mayoría, pero que Rimú reconoció de inmediato.

—Ese idioma es el que usó Mesha en Templo de los Caracoles.

—Mi madre menciona que era el idioma de los atlantes originales. Cuando Navia, la guerrera atlante selló a los dragones en los templos, usó esa lengua para sellar con sus reliquias a las bestias. Si bien los templos fueron construidos antes por los noctámbulos y vurdalak, fueron los atlantes los encargados de protegerlos —reveló Micha y volvió a recitar las palabras escritas en el diario.

Entonces la pared de hielo comenzó a brillar y la espada la atravesó como si fuese un fantasma, sostenida a un tiempo por Naira y Gira.

—Siento una sensación similar a cuando toco mi espada —reveló Gira.

—Tal vez las armas legendarias, hace mucho tiempo, tuvieron su origen en ésta. No podemos saberlo —suspiró Naira.

—Bien, lo importante es que ahora tenemos una reliquia más —comentó Rimú cayendo al suelo, agotado—. Me alegra que esta vez no haya sido tan problemático.

—Es porque el sacrificio que se requería fue cumplido con lo hecho por mi madre —aseguró Micha con tristeza, lo cual hizo sentir un poco mal a Rimú por lo que había dicho.

—Bueno ¿alguien me puede decir cómo vamos a regresar? No pienso volver a cruzar esa cueva —se quejó Gira—. Pero ir por la nieve a pie no parece buena opción.

—Descuiden, volveremos por el camino por el que vine —anunció Micha riendo—. Es un pasadizo secreto dentro de la torre.

—Bien, aprovecharemos el camino para que nos expliques un par de cosas, rata de biblioteca —le espetó Gira, suspirando.

De esta forma, al dejar atrás el palacio, ingresaron a la torre solitaria cuyo interior también estaba congelado en algunas partes. Era imposible subir al piso superior, solo había una entrada directa al túnel secreto. Mientras Zaya se encargaba de iluminar el largo pasillo, Micha ponía al tanto a sus compañeros de su verdadera historia, sus motivaciones y por qué le fue muy sencillo volverse amiga de Leiya cuando la conoció, pues en cierta forma, siempre le había recordado a su madre.

El tiempo pasó. Finalmente llegaron a la salida del túnel, en una mansión donde los estuvo esperando Tzla, la gobernadora de la ciudad y hermana de Zaena. Esa noche durmieron ahí. Solo Zaya regresó a su hogar, para poner al tanto a su hermano, a Azalea y a Félix de que la misión había sido un éxito.

Al día siguiente, Kua les entregó una caja hecha por ella misma con ayuda de otros artesanos, para proteger la reliquia durante el viaje. Kruv también había apoyado con sus poderes para controlar el metal. Resultó que todas las decoraciones que vieron al frente de su casa, las había realizado él mismo.

—Cada vez me confunden más los poderes de los vurdalak —aceptó Gira—. Un día de estos tendré que ponerme al corriente con ellos, sobre todo si quiero derrotar a Sombra Muerta.

—Bueno, puedo ayudarte a saber sobre los vurdalak —le propuso Zaya—. Tengo entendido que ahora mismo hay un puesto vacante en tu tripulación ¿no es cierto?

—¡No te emociones...! ¡Félix seguirá siendo nuestro vigía...! —se adelantó Azalea—. Solo que tu hermano dijo que el tratamiento que le harán tardará semanas.

—Azalea, sabes que en este momento no tenemos tiempo para esperar —aseguró Naira—. Por eso Kruv y Félix se reunirán con nosotros en Luminor. ¿Estás segura de que no quieres quedarte con él?

—¿Y dejar a los Cuervos sin navegante...? ¡Ni hablar! Confío en que mi hermano estará bien.

—Bueno, se supone que yo también soy navegante —protestó Grick, llegando a la escena, pues sería el encargado de escoltar la reliquia al barco—. Pero coincido con que tú cumplas con el trabajo. Soy demasiado perezoso para encargarme yo solo.

Ambos rieron mientras los otros suspiraban.

—Bien, entonces confío en ti Zaya —le espetó Gira —. No quiero quejas sobre nuestro ritmo de trabajo o cualquier otra cosa.

—Descuida, antes de llegar a esta isla mi hermano y yo viajamos por varios lugares donde requerían de nuestros servicios, así que estoy acostumbrada a navegar —afirmó ella con sinceridad—. Y tengo muchas sorpresas que harán divertido el viaje.

—Maravilloso, como si no tuviéramos ya suficientes personas problemáticas —suspiró Rimú.

—¿Y qué hará Micha? —preguntó Azalea.

—Aún no lo sé, esta mañana me dijo que debía hablar con su hermana sobre unos asuntos para decidir qué hará de ahora en adelante —informó Naira.

—Pues debe darse prisa, partiremos en unas horas —intervino Gira—. Kruv comentó que se acerca una fuerte tormenta de nieve y será mejor alejarnos de la isla antes que eso ocurra.

Empezaron a subir provisiones y a resguardar la nueva reliquia en el barco. El tiempo pasaba y no había señales de Zaena. Como el clima se estaba poniendo peligroso para ellos, no les quedó de otra que alejarse e irse sin despedir, confiando en que Kruv le daría el mensaje de su despedida a Micha.

—Vamos, estará bien —le aseguró Haize a Naira, quien no deja de mirar el mar, melancólica—. Es una chica muy fuerte.

—Me hubiese gustado despedirme en persona de ella —suspiró Naira—. Primero Maya no está y ahora Micha se ha ido. Me siento un poco sola.

—Yo sigo aquí —dijo una voz a sus espaldas—. Podemos pelear todo lo que quieras. —Gira lo miró desafiante.

Naira aceptó la propuesta: empezaron a combatir. Azalea miraba desde lo alto del mástil, al lado de Zaya, pues la navegante quería asegurase de que la nueva integrante hiciera bien el trabajo de su hermano. Rimú también observaba desde una esquina, bostezando. Grick en el timón gritaba para echarle porras a su capitana y Haize hacía lo mismo apoyando a Naira. Otros piratas respaldaban a ambas y Haida suspira desde la entrada de la enfermería, esperando que no terminen heridas.

Entonces, se escuchó claramente un estruendo que llamó la atención de todos. Gira y Naira dejan de pelear y corren en dirección a la biblioteca, seguidos de los demás. Se encuentran una escena inesperada.

—Oigan, ¿por qué se me quedan mirando? ¿Podrían ayudarme a salir de aquí? —Y es que Micha les miraba debajo de una pila de libros. Nadie preguntó cómo había subido al barco o por qué nadie se dio cuenta de que lo había hecho, aunque por la sonrisa de Haida, éste sabía algo. Naira, Gira, Rimú y Azalea se abalanzaron sobre ella para abrazarla, provocando que otra cantidad de libros cayera sobre ellos.

—Bienvenida a bordo, rata de biblioteca —le espetó Gira—. Te pondré a trabajar el doble ahora que conozco lo que sabes.

—Entendido capitana —aceptó ella, sonriendo—. Esta misma noche les contaré todo lo que sé. Mientras tanto ¿quieren ayudarme a recoger los libros?

Pero solo Naira se quedó a ayudarle, los otros pusieron excusas diversas para retirarse.

—Lo siento Naira, tendría que haberte dicho la verdad hace mucho —bajó la mirada—. Puedes llamarme Zaena ahora, si lo deseas.

—No sé, ya me acostumbré al nombre de Micha. Y ahora que lo pienso ¿por qué escogiste ese en particular? —le preguntó Naira con curiosidad.

—En realidad lo escogí porque debíamos pasar desapercibidos en Luminor —reveló mientras acomodaba unos libros—. Pero tiene que ver con la frase que me decía mi madre: "Mi querida Zaena", lo fui acortando hasta que terminó en Micha, de alguna forma que no recuerdo.

Ambas continuaron recogiendo los libros, y el lazo que las unía se volvió aún más fuerte.

En la isla, Tzla se mantiene frente a su madre congelada, esta vez con una sonrisa, recordando las palabras que su hermana Zaena le dijo de despedida: "Cuando regrese, traeré muchas historias que contar para ustedes dos. Serán las mejores historias que podrán escuchar".

—Sí que ha crecido mi hermana ¿no lo piensas, madre? —le dijo. Y pestañeó unos segundos, porque juraría que su madre sonrió por unos instantes.

En la ciudad, Kruv empieza a preparar el nuevo brazo de Félix. Durante unos instantes observa por la ventana y piensa: "Zaya, espero que sepas lo que estás haciendo". Y recuerda, que tal vez debió haber revelado que él nunca ha tenido una hermana y que Zaya no es quien dice ser pero ¿para qué arruinar el suspenso?

Su sonrisa le dio escalofríos a Félix, esperando que el tratamiento no fuese doloroso, aunque podría soportarlo, pues deseaba volver a ver a su querida hermana.

Finalmente cae la noche en el Cuervo Negro, y un grupo de personas se reúne en la biblioteca donde los espera Zaena.

—Bien, gracias por venir, ahora les leeré una historia antigua que venía en el diario de mi madre, que me entregó mi hermana —y comienza el relato diciendo—: Esta es la historia antigua de los atlantes, y de la cruel guerra que tuvieron los dragones…

Todos escucharon expectantes, listos para resolver por fin todas sus dudas, pero ante una respuesta, siempre surgirá una nueva interrogante.

CAPÍTULO XX
HORIZONTE CARMESÍ

La oscuridad ha caído sobre el Cuervo Negro, que navega silencioso hacia su próximo destino. La única luz en la noche es la de la luna que se refleja en un mar tranquilo, opacando a las mismas estrellas.

Dentro del barco, en el camarote biblioteca, la joven Zaena está sentada en un sillón central, contando una historia a un grupo de personas que está frente a ella, distribuidos en otros sillones o cojines.

—Se sabe muy poco de los tiempos pretéritos, ya que solo quedan en la memoria de algunos vurdalak antiguos y de los Reyes de los Animales. De lo que se conoce es que nuestro mundo antes estaba conectado como un enorme continente, destruido por un gran cataclismo que dividió el mundo como lo conocemos. Por eso encontramos ecosistemas tan similares en islas separadas por cientos de kilómetros. En ese mundo de guerras existieron los atlantes, cuya función era solamente proteger los templos de los dragones. Sin embargo los dragones despertaron y comenzaron entre ellos una batalla que resultó catastrófica, provocando que los atlantes combatieran unos contra otros y acabasen involucrando también a noctámbulos y vurdalak. Esa sangrienta batalla terminó provocando que el mundo antiguo fuera destruido. Los pocos sobrevivientes recuerdan con terror cómo el mundo comenzó a colapsar sin que pudieran evitarlo.

"La leyenda dice que la única que logró calmar la furia de los dragones fue una atlante llamada Navia, quien luchó contra ellos con ayuda de su amiga Tlami: hizo dormir a los dragones justo cuando el cataclismo estaba en proceso. Se dice que se vio provista de un poderoso barco, armas y la armadura confeccionada con un antiguo material que ya no existe en el planeta".

—Espera, espera, espera —interrumpió de repente Azalea—. ¿Quieres decir que las reliquias que estamos reuniendo son parte de esa armadura? ¿Y pertenecían a la legendaria Navia?

—Sí, y sospecho que lo usado por Navia para sellar a los dragones, es justamente partes de la armadura.

—¿No despertarán los dragones si nos apoderamos de las reliquias? —el rostro de Azalea lucía ligeramente aterrado.

—No lo creo —comentó Rimú con tristeza—. ¿Recuerdas lo que fue problemáticamente intercambiado por las reliquias?

—Mi madre y la joven del desierto —recordó Zaena con tristeza—. Para que pudiéramos sacar las reliquias sin despertar a los dragones, las sacerdotisas de los templos tomaron el lugar de sellos para proteger el mundo.

Todos callaron. Los que tenían alguna bebida en la mano levantaron su recipiente brindando en silencio por ellas. Tras un minuto de silencio Zaena continuó hablando:

—Tras el cataclismo, los atlantes sobrevivientes se dividieron en diferentes grupos, mezclándose con otras razas. Quedaron pocos de los originales, replegándose sobre todo en los templos y en alguna que otra isla. Se dice que Luminor fue fundada por ellos hace mucho tiempo, pero se desconoce si hay vivo alguno de los fundadores todavía.

—Tal vez deberíamos tocar la puerta del palacio de Luminor y preguntar —se rio Gira al imaginarlo—. Y de paso nos llevarnos algunos tesoros.

—Eso sería problemático pero no suena tan mal ¿no? —opinó Rimú, bostezando —. Después dormiremos de cabeza en la celda ¿serán cómodas las de Luminor?

—Eso si nos atrapan; si no, puedo hacer explotar la puerta para salir —agregó Azalea divertida.

—¿Y si terminamos de escuchar el relato para saber más detalles que puedan beneficiarnos? —apuntó Haida con una sonrisa tranquila. Los demás callaron y Zaena, riendo, continuó:

—Como decía, los atlantes sobrevivientes se mezclaron con otras razas y se dividieron en tres categorías: los nautas, los tosan y las náyades.

Eso último tomó por sorpresa a más de uno.

—¿Entonces nosotros los nauta, los tosan y las náyades somos descendientes de los atlantes? ¡Eso no me lo esperaba! —repuso Azalea asombrada.

—En cierto momento nuestros antepasados fueron atlantes. Sin embargo, al mezclarnos con los noctámbulos, vurdalak y entre nosotros, ya no queda casi nada de sangre atlante en nuestras venas —explicó Zaena—. Aunque hay casos como el mío, que nací directamente de una atlante original, aunque no conservo los poderes y rasgos de mi madre. Después de todo, lo que entiendo es que cuando un atlante original se mezcla con cualquier otra raza, su descendencia heredará las características de la raza de la que sea su pareja. Por ello quedan tan pocos atlantes originales, quienes se mezclaron entre ellos para sobrevivir.

—Bueno, es un alivio saber que no te pondrás a cantar en medio de la biblioteca y después tendremos que buscarte en una selva —comentó Gira y todos rieron.

—¿Y qué ocurre con la madre de Shinta? Hasta donde sé, él no tenía poderes ¿cierto? —intervino Azalea con curiosidad.

—Rena es hija de dos atlantes originales. Hasta donde entiendo, poseía poderes, pero al casarse con Elliot, un nauta, su hijo no los obtuvo —comentó Haida pensativo.

—Y eso es todo lo que sé sobre los atlantes —concluyó Zaena algo abatida, pues llevaba toda la noche despierta contándoles la historia que leyó en el diario de su madre hacía poco. Gira, Rimú, Zaya, Azalea y Haida eran los únicos presentes que habían terminado de escuchar su relato. El resto ya se habían ido a dormir o estaban ocupados en otros sitios.

—Vaya, eso explica entonces por qué esas dos mujeres que encontramos se parecían tanto a Leiya —comentó Azalea pensativa—. ¡Todas son de raza atlante original...! Y seguramente Leiya también lo es.

—También se explica por qué la madre de Shinta se parecía tanto a ella ¿no es cierto? Recuerdo el retrato que había en la mansión. Siempre me llamó la atención ese detalle, pero estuvimos tan problemáticamente ocupados esa noche que no lo saqué a relucir —agregó Rimú pensativo.

—En efecto, la señorita Rena pertenecía a la realeza de Luminor, era descendiente de los antiguos atlantes que se quedaron a gobernar la ciudad —detalló Haida para sorpresa de todos—. Aunque esa es una historia que no conozco a detalle, porque no participé en los acontecimientos de la guerra civil de Luminor; solo Elliot y Garth saben que sucedió. Supongo que también Trowan, pero dadas las circunstancias solo nos queda encontrar a Elliot para obtener más respuestas.

—Parece que mi padre se llevó varios secretos a la tumba ¿cierto? —comentó Gira fumando un cigarrillo—. Entonces busquemos por igual a Elliot, así le hacemos un favor a Shinta, cuando lo encontremos también. Quién diría que tendríamos que encontrar al padre y al hijo.

—Es muy probable que encontremos información en la sede de Heishi Mare, pero debemos tener cuidado. Como vimos en el caso de Umbra, hay enemigos que dicen ser miembros de la organización; podrían tratar de confundirnos, pues no sabemos con exactitud quienes son aliados o enemigos —advirtió Haida pensativo—. Kruv me contó que se adelantará a Luminor una vez que termine sus asuntos para averiguar lo que pueda.

—Ya quiero volver a ver a mi hermano —adelantó Azalea un poco triste—. Quería acompañarle, pero sin mi trabajo como navegante ustedes no llegarán a ningún lado.

—Gracias por quedarte, sería problemático perdernos —bromeó Rimú divertido—. Y no te desesperes. En cuanto lleguemos a la Isla de los Lobos y encontremos la siguiente reliquia, nos reuniremos con ellos en Luminor. Eso si no tenemos algún otro percance problemático en el camino.

—No se preocupen por la vigilancia, por algo estoy aquí ¿no? —recordó Zaya con una sonrisa tranquila, hablando por primera vez desde que comenzara el relato, pues se mantuvo callada, solo riendo con ellos pero sin intervenir en absoluto—. Prometí ayudarles como vigía en lo que Félix vuelve a las andadas.

—Sí, y te agradezco tu cooperación —respondió Gira mirando con cierta desconfianza hacia ella y no dijo nada más. Rimú entendía el sentimiento: había algo que aún no comprendía de ella pero había sido de gran ayuda en la isla de la nieve. Sospechaba que tarde o temprano se irán revelando aún más secretos, sólo esperaba que no tengan que hacer más sacrificios.

—Solo queda una pregunta por resolver: ¿qué papel juega Leiya en todo esto? Sabemos ahora que era una atlante original que perdió sus recuerdos y parecía tener otra personalidad problemática de la que no sabemos mucho ¿cierto?

—Esa es una buena pregunta, Rimú. Solo nos dieron órdenes de que la lleváramos a Luminor, pero no hay más datos y con Lanwer del otro lado del muro, no podemos saber los detalles de sus órdenes. ¿Tú no sabes algo Haida? —preguntó Gira—. En el funeral de mi padre te vi hablando con Trowan, el padre de Maya, ¿él no te comentó algo?

—Desgraciadamente no me dijo mucho, solo habló de lo parecida que era a Rena y que tal vez en Luminor encontráramos más respuestas —respondió Haida—. Si sabía algo, no me lo quiso decir.

—Fantástico, otra cosa que debemos averiguar en Heishi Mare —bufó la capitana apagando su cigarro—. Bueno, me iré a dormir. Mañana tenemos que estar listos para lo que sea en nuestro próximo objetivo —replicó bostezando—. Haida, cuento contigo y Grick para ultimar detalles.

El aludido asintió con la cabeza y antes de que se fueran, Zaena les preguntó a los presentes:

—Entonces, a partir de ahora me llamarán Zaena ¿cierto? Aunque son libres de llamarme Micha también, si lo desean.

—No te compliques la vida, siempre serás nuestra rata de biblioteca —comentó Gira y todos empezaron a reír—. Aunque has ascendido algunos puestos, así que te llamaremos "La cuerva de biblioteca" y asunto arreglado.

Zaena sonrió divertida y aliviada. Después de todo, no importaba cómo le llamasen, era quien era por todas las experiencias que había tenido. Y estaba feliz por ello.

Todos se fueron a dormir, exceptuando a Haida, quien todavía tenía trabajo en la enfermería, Grick que cuidaba las reliquias y Zaya que debía mirar desde su puesto de vigía que todo estuviese bajo control.

—¡Yome…! ¿En dónde estás…?

Haize corre por un bosque en llamas. Allá por donde va solo encuentra cadáveres de noctámbulos lobo, muchos de sus amigos y familiares. ¡Debe darse prisa y encontrar a Yome!

Y lo encuentra, sentado en un altar y mirándole con furia.

—Yome, me alegro de que estés a salvo.

—¿A salvo…? ¿Te atreves a decir que estoy a salvo…? ¡Todo es tu culpa! ¡Nuestro clan está destruido por tu culpa…! ¡Tú nos abandonaste y ahora estamos muertos…!

Yome escupe sangre y empieza a arder en llamas mientras una calavera roja fantasmal aparece sobre él.

—¡No…!

—¡Haize, despierta! ¿Qué tienes?

Haize estaba sudando frío. Al abrir los ojos notó que Naira le miraba preocupada. A petición de él durmieron en su habitación temprano, pero pareciese que ni eso fue suficiente para calmar sus pesadillas.

—Tuve una horrible pesadilla en la que mi hermano estaba muerto y vi a todo mi clan exterminado.

Naira lo abrazó para que se calmara.

—Sólo fue una pesadilla. Estás muy nervioso porque pronto volverás a casa después de mucho tiempo.

—Espero que tengas razón, que sólo sea una pesadilla —respondió cerrando los ojos y tratando de calmarse.

—Durmamos, mañana llegaremos a la isla.

Abrazados se quedaron dormidos, deseando que todas sus preocupaciones pasaran en una noche.

Pero hasta las pesadillas más bizarras pueden hacerse realidad.

El alba llegó y en cuanto la isla de Naríwari se extiende en el horizonte, los miembros de la tripulación saben que las cosas no serán tan sencillas como antes, que van a necesitar más tiempo y ayuda para conseguir la siguiente reliquia. Ayuda que encontrarían en un lugar sumamente problemático. Y si no tenían cuidado podrían meterse en grandes problemas. ¿Pero qué importaba? Ya habían sufrido demasiado y un tiempo más no les afectaría.

—Cambiaremos el rumbo a Luminor —ordenó Gira de inmediato, con el rostro sumamente serio. Nadie se atrevió a protestar, ni siquiera Haize que miraba con desesperanza la enorme torre carmesí que se levantaba en el horizonte, justo donde antes la primera vista habría sido un enorme ahuehuete sagrado, ahora bloqueado por la torre. Su hogar estaba destruido y necesitaba saber el destino de sus seres queridos. ¿Ese era el castigo que tenía por abandonar su tierra cuando más lo necesitaban? ¿Qué fue lo que provocó que las cosas terminaran así? Quería explicaciones y tenía miedo. ¿Acaso su pesadilla se haría realidad? Una ira mezclada con tristeza empezó a apoderarse de él y solo Naira pudo calmar sus ganas de tirarse al mar para llegar a su tierra pronto.

—Te prometo que volveremos, y haremos pagar a esos sujetos lo que hicieron con tu hogar —escuchó Haize que le susurraba Naira al oído.

—Por supuesto que vamos a volver —comentó Gira con voz autoritaria— ¡No pienso estar satisfecha hasta que esa maldita torre desaparezca!

Había un motivo muy especial por el que la mayoría de los individuos de la tripulación estaban tan alterados. Aún a la distancia pudieron darse cuenta del símbolo que adornaba la torre y los campamentos que la rodeaban: la calavera roja, símbolo de Sombra Muerta, aquel sujeto que regresaba eternamente a atormentarlos.

—¡De prisa, vámonos antes de que nos detecten...! —ordenó Gira y no se dijo nada más, por lo que toda la tripulación se preparó para darle la vuelta al barco y cambiar el rumbo hacia su nuevo destino. La única que se quedó mirando durante unos pocos minutos hacia la isla, desde la cofa, el puesto de vigía, fue Zaya quien susurró en voz baja:

—Nunca aprendes ¿no, Zeikan...?

De inmediato fue a ayudar al resto de la tripulación.

El Cuervo Negro se alejó de la isla, en cuya torre Sombra Muerta sonreía con maldad pura.

—¿Se van tan pronto? Y yo que creía que se iban a quedar a la cena —comentó divertido Zeikan, mientras devoraba sin vacilación un lujoso pedazo de carne—. ¿Qué se va a hacer? Ellos se lo pierden. ¿No lo piensas, querido?

El caballero negro se arrodilla a sus pies quitándose el casco. Reveló unas cuencas vacías: un muchacho de larga cabellera oscura mostró su rostro. Ray contestó.

—Sí, amo.

EPÍLOGO

Despierta.

¿Quién? ¿De quién era esa voz? ¿Por qué no lo dejaba dormir? Él deseaba dormir profundamente y no volver a levantares en mucho tiempo. No despertar ¿No era esa una buena idea? Si despertaba seguramente iba a sufrir, a enfrentar un terrible destino. ¿Por qué despertar entonces? Era mejor dormir.

Despierta.

¿Otra vez? No piensa abrir los ojos bajo ningún concepto. No desea volver a sufrir. ¿Para qué hacerlo? Por cierto ¿qué es el despertar? ¿Lo contrario al dormir? Si uno no despierta, entonces ¿muere? ¿Para qué es necesario despertar de un sueño? ¿No es mejor vivir en la realidad de los sueños? ¿No es acaso el sueño el reflejo del alma? ¿Y no es entonces el sueño el mundo real? Ni siquiera recordaba nada sobre sí mismo. ¿Por qué despertar, porque una voz desconocida se lo pedía? Pero estaba seguro de haberla escuchado antes en alguna parte. Era suave y tierna.

Despierta.

Un resplandor de luz le deslumbró el rostro. ¿Era necesaria tanta maldad? ¿Por qué esa persona era tan insistente? ¿De verdad deseaba que despertara? ¿Por qué estaba tan desesperada por despertarle? De verdad no entendía la necesidad de quererlo despertar. No era necesario. Tenía la extraña sensación de que había sido despertado antes, de esa manera, por otra voz desconocida. ¿De quién era esa voz? ¿Por qué estaba volviéndose loco por esa voz desconocida? ¿Y si despertaba? No, no era necesario.

¡Despierta de una maldita vez!

Abrió los ojos de golpe mirando al techo. Se había caído de la cama en la que se encontraba. Todo su cuerpo estaba adolorido ¿Qué había pasado? Su rostro se giró lentamente para encontrarse con el rostro de enojada de su compañera, quien le miraba con cara de pocos amigos. No pudo evitar sacar una pequeña sonrisa divertida.

—¿Por qué esa cara tan malhumorada a estas horas de la mañana? ¿Dormiste bien?

—¡Llevo media hora tratando de despertarte! No me quedó más que tirarte de la cama. Es hora de irnos. Ni pienses que voy a esperarte.

La joven salió de mal humor de la habitación. El joven sonrió levantándose y dirigiéndose al espejo más cercano. Se arregló la ropa y dio un bostezo.

—¡Shinta...! ¡Si no bajas se nos hará tarde!

—Ya voy, ya voy.

Se alejó del espejo y salió corriendo hacia un destino incierto, incierto para todos, incluido él mismo. Su mente divagaba preguntándose ¿de quién era esa voz que lo quería despertar? Sin duda era un misterio el por qué le llamaba.

GLOSARIO DE PERSONAJES DE LA CUERVA NEGRA

TRIPULACIÓN DE LOS CUERVOS NEGROS

Azalea, hermana menor de Félix, navegante y experta en explosivos, acompañará a Rimú a buscar la reliquia. Amiga de la infancia de Jake, Maya, Shinta y Juno.

Félix, hermano mayor de Azalea, vigía del barco y guardaespaldas de Gira. Amigo de la infancia de Jake, Maya, Shinta y Juno.

Gira, capitana de la tripulación, hija del antiguo capitán de los Cuervos Negros. Dirige todas las operaciones de los grupos de búsqueda de las reliquias. Tiene la capacidad de comunicarse con las aves. Ha madurado como capitana. Amiga de la infancia de Lune y Rimú. Maestra de Shinta.

Grick, vicecapitán, encargado de dar las órdenes en ausencia de Gira, también es su consejero personal y un pirata bastante temible cuando se lo propone, impredecible.

Haida, médico de a bordo, experto en todo tipo de medicina y preparado para cualquier situación, consejero de Gira y apoyo para la tripulación.

Haize, luchador, el único noctámbulo de la tripulación por ahora. Trata de escapar de su pasado que se acerca cada vez más, mantiene una relación con Naira.

Leiya. Desapareció junto con Shinta en medio de un cataclismo. Viajaba con el grupo en el pasado buscando sus memorias perdidas.

Lune, espadachín, su pasado lo atormenta, parte en busca del Casco de la Serpiente Emplumada junto con Maya, por quien tiene sentimientos amorosos. Tenía una hermana menor llamada Sasha que murió. Es amigo de la infancia de Rimu y Gira.

Maya, herbolaria, perdió a sus dos amigos y quiere recuperarlos. Parte en busca del Casco de la Serpiente Emplumada, tiene sentimientos amorosos por Lune. Amiga de Shinta y Leiya, quienes han desaparecido.

Micha (o Zaena), bibliotecaria del barco, hija perdida de la sacerdotisa del fuego, tendrá que tomar una decisión importante al regresar a su antiguo hogar.

Naira, espadachina y experta en venenos, acompañara a sus compañeros a recorrer las islas para encontrar las reliquias.

Mantiene una relación con Haize. Protectora de Micha y maestra de Maya.

Ortua, cocinero de la tripulación, se mantiene la mayor parte del tiempo en las cocinas. Conoció a Naira de pequeña y la crio como su hija; alienta a sus compañeros.

Rimú, un chico problemático, uno de los guerreros leales a Gira, encargado de buscar una de las reliquias en la Tierra Dorada. Se dice que es de los pocos que pueden hacer perder la paciencia a Gira. Amigo de la infancia de Gira y Lune.

Shinta. Joven que partió a buscar a su padre pero desapareció en medio de las olas. Amigo de la infancia de Maya.

HABITANTES DEL REINO DE LAS SERPIENTES

Miyahua, Sacerdotisa del Templo de la Serpiente Emplumada.

Nelli, Reina Serpiente, tlatoani del Reino de las Serpientes, hermana gemela de Itza.

Zapir, Rey tapir, uno de los pocos nauali que quedan.

HABITANTES DE LA TIERRA DORADA (DANI GUEU, LYOBAÁ)

Aetos. Cronista que ha escrito la mayor parte de los libros de historia, relatando sus viajes alrededor del mundo. Sabe más de lo que aparenta.

Hesha, presidenta, fue atrapada en el Templo de los Caracoles bajo circunstancias extrañas y se busca salvarla.

Jake, antiguo cartero en isla Dai, jefe de su propia expedición para explorar las ruinas.

Juno, antiguo cartero en isla Dai, hermano de Jake, se desconoce su paradero.

Kasia. Noctámbula, trabaja en El Oasis como dama de compañía y mesera. También es mensajera de Shiga.

Meye (o Mesha), ayudante de Jake, exploradora. Oculta su verdadero ser, insiste en salvar a Hesha.

Mosis, vicepresidente. Tomó el poder en ausencia de la presidenta y ha provocado caos en la ciudad al dejarse influir, para mal, por Umbra.

Nuri. Esclavo vurdalak. Ha servido a diferentes amos de la familia de Svend durante generaciones.

Sasobek, uno de los miembros de la cámara del senado de la ciudad, fue expulsado por Mosis y busca traer de regreso a la presidenta.

Shiga, jefa del mercado, administradora del El Oasis y cortesana de renombre, única noctámbula con el permiso de entrar en la red de aves.

Svend. Traficante de esclavos, el último de una familia de traficantes.

HABITANTES DE LA ISLA DEL FUEGO CONGELADO (CETLE, GALEMYS)

Kruv, vurdalak, ingeniero y médico experto en prótesis. Su poder consiste en moldear fácilmente cualquier metal que toca con sus manos.

Zaya, "hermana" menor de Kruv. Oculta quién es en realidad.

Tzla, gobernadora, conocida como la Doncella de Hielo, hija de Tzaena y hermana mayor de Zaena.

Taka, gobernador de los tosan esposo de Kua.

Kua. Noctámbula topo que guiará a los buscadores de reliquias por los túneles para llegar al templo. Esposa de Taka.

Tzaena, sacerdotisa del templo del fuego, se selló a si misma junto al dragón de fuego para impedir que él despertara. Madre de Tzla y Zaena.

Nigrinus, antiguo rey tiránico, murió de hipotermia en prisión.

Tody, héroe tosan, ex líder de los revolucionarios.

ENEMIGOS

Itza, la serpiente negra, hermana gemela de Nelli, fue capturada por el enemigo durante la guerra y ahora trabaja para ellos.

Mysidia, nauali de las mariposas. Tras perderlo todo, se une a los Hijos de la Luna como subordinada. Tiene poderes especiales y es muy peligrosa. Profetizó la muerte del antiguo capitán de los Cuervos Negros e intentó secuestrar a Leiya *en La Audaz Navegante.* En esta novela solo aparecerá para salvar a Sasha y Itza.

Sasha, hermana menor de Lune, perdida, fue criada por los Hijos de la Luna; aborrece a su hermano y a todos aquellos que intenten acercarse a él. Tiene el poder de transformarse en una mariposa con ayuda de la magia de Mysidia.

Sombra Muerta, capitán del Navegante Sangriento y gobernador autoproclamado de la Isla de los Lobos. Utilizando el cuerpo de Arak, fue el asesino del antiguo capitán de los Cuervos Negros y está preparado para seguir moviéndose entre las sombras.

Umbra. Caballero oscuro y subordinado de Sombra Muerta, entorpecerá el camino de la tripulación de los Cuervos Negros y se encargará de darle malos consejos a Mosis para que se alié con traficantes.

OTROS PERSONAJES MENCIONADOS Y QUE HAN SALIDO EN LA NOVELA PREVIA: LAS AVENTURAS DE LA AUDAZ NAVEGANTE.

HABITANTES DE ISLA DAI

Alexis. Tutora de Shinta, hermana de Elliot.

Anabel. Padre de Félix y Azalea. Leñador.

Delton. Pescador de Dai.

Elliot. Padre de Shinta, desaparecido.

Garth. Capitán anterior de los Cuervos Negros, padre de Gira.

Helia. Hermana mayor de Maya.

Mitle. Madre de Maya, gobernadora de Isla Dai.

Rena. Madre de Shinta y esposa de Elliot. Murió por enfermedad.

Roberta. Madre de Félix y Azalea. Abandonó a sus hijos.

Trowan. Padre de Maya y Helia, esposo de Mitle, mejor amigo de Elliot.

HABITANTES DE ISLA NAUFRA
Volko. Maestro de Gira, Rimú y Lune.

Yuina. Madre de Gira. Murió al darla a luz.

Lan Lanwer. Gobernador de Naufra.

Diko. Padre de Lune y Sasha. Administrador de Naufra.

Arak. Excapitán de La Audaz Navegante. Poseído por Sombra Muerta.

Ray. Exvigía de La Audaz Navegante. Estado desconocido.

PERSONAJES DE LA ISLA DE LOS ÁRBOLES
Kakna. Rey Mono. Guerrero. Se quedó en su Isla de los Árboles para protegerla.

Mitzli. Reina Jaguar. Guerrera. Capitana de los Caminantes de las Olas.

LUGARES DE LA CUERVA NEGRA

Siuakoatl. El Reino de las Serpientes gobernado por Nelli. En esta isla está el Templo de La Serpiente Emplumada.

Lyobaá. Antigua ciudad de La Tierra Dorada, ahora en ruinas que albergan el Templo de los Caracoles.

Cetle. Capital de La Isla del Fuego Congelado. Su palacio fue construido sobre El Templo del Fuego, en cuyo centro está la Torre Solitaria.

Galemys. La ciudad minera oculta bajo tierra en la Isla del Fuego Congelado, conectada mediante túneles al Templo del Fuego.

Naríwari. Isla de los noctámbulos lobo. Sede del Templo de la Noche.

OTROS LUGARES

Dai. Isla de pescadores, hogar de Maya, Shinta, Félix, Azalea, Juno y Jake.

Isla de los Árboles. Isla flotante que viaja por el mundo. Hogar de Los Reyes de los Animales.

Luminor. Sede principal de Heishi Mare.

Naufra. Hogar de Gira, Lune y Rimú.

Slave. Antigua isla de esclavos que fue destruida.

Isla Kraii. Guarida secreta de los Cuervos Negros.

ORGANIZACIONES

Heishi Mare. Marina que se encarga de mantener estable el mundo. Constituida por una gran cantidad de miembros.

Los Caminantes de las Olas. Grupo compuesto por guerreros habitantes de la Isla de los Árboles liderados por Los Reyes de los Animales. Algunos les llaman gitanos.

Los Hijos de la Luna. Organización misteriosa que está detrás de la gran mayoría de los problemas del mundo.

ÍNDICE